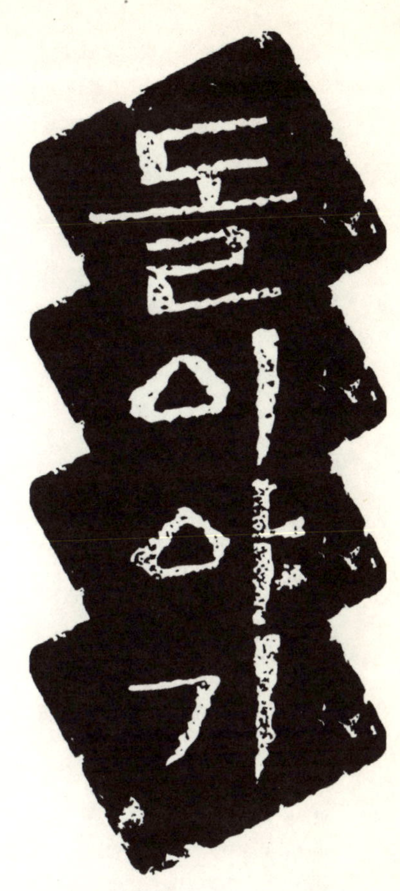

이무경 수석 에세이집

돌 이야기

2003년 4월 10일 1판 1쇄 인쇄
2003년 4월 15일 1판 1쇄 발행

지 은 이 | 이 무 경
펴 낸 이 | 김 송 희
펴 낸 곳 | **메 세 나**

주　　소 | 405-224 인천광역시 남동구 구월4동 1286의 12호
전　　화 | (032) 463-8355 / (032) 462-9131
팩　　스 | (032) 463-8339
홈페이지 | www.jaryoweon.co.kr
이 메 일 | jrw92@jaryoweon.co.kr
출판등록 | 1992. 11. 18. 제42호

ISBN 89-90468-06-X　　03810

※ 책값은 뒷표지에 기록되어 있습니다.

이무경 수석 에세이집

메세나

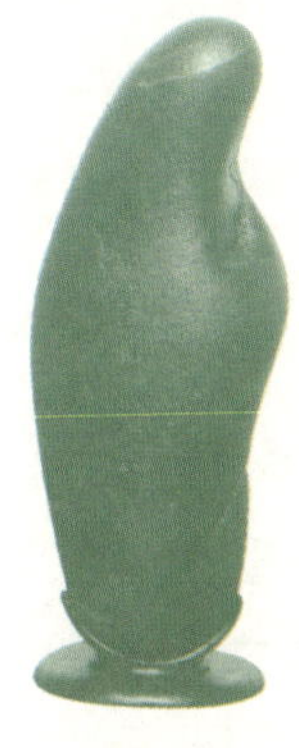

2만여 시간이라는 짧지 않은 기간을 하늘에 떠 있으면서 바늘 끝이 가리키는 소수점 이하의 숫자와 계기판을 읽으며 살아왔었다.
지구 곳곳에서 항용 만나게 되는 이국 풍물들조차 그리 마음 편히 보고 느낄 수 있는 입장도 아니었다.
마음까지 풀어놓을 수 없는 연속된 긴장감 때문이었을 것이다.
그게 어느새 30년을 지나고 있다.
다행히 내겐 가족과 함께 있는 난과 수석이 있어 내 마음의 바닥물기까지 아주 메마르진 않았었다고 여겨진다.
그들을 통해 기다림이라는 여백과 또 내일을 기약하는 미덕을 배우기도 했다.
돌아본 우리나라 남도의 산야에는 우리 춘란의 빼어난 가는 잎새가 여전했고, 도쿄의 어느 야산에서는 왜성잎을 만날 수 있었다.
발 닿는 나라마다 돌을 만날 수도 있었다.
스위스의 알프스계곡에서는 달마상을, 샌프란시스코의 금문교 아래에서는 원산석을, 눈 녹은 앵커리지 바닷가에서는 해피석을 만날 수 있었다.
이에 느낌이 없지 않아 글이 모여졌다.
사실 한번쯤 일별한 후 피식 웃고 말 그런 글들이 대부분일 테지만, 나의 원래 의도가 그런 것이었으니 당연히 깊이나 넓이가 있을 리 없겠다.
난과 돌과도 만남과 헤어짐은 끊임없이 반복되고 그때마다 반갑고, 그때마다 서럽던 그런 과정의 단상들이다.

일천한 경험 탓으로 지극히 개인적이고 단편적인 이야기들을 책으로 묶는 과정만은 오랜 망설임만큼이나 부담으로 다가온다.

그러나 앞으로도 나름대로 보고 느낄 수 있는 능력이 남아 있는 한 그것이 비록 웃음거리가 될망정, 끼적거려 놓고 반복해 읽어보는 습관은 오래 계속될 것 같다.

이제 나의 난과 석실은 추억의 장으로 바뀌고 있다. 명품 한 점 없어도 그게 무슨 상관이랴.

십 년째 한 촉뿐인 비실이 난분이나, 작은 돌 한 점에서도 새록새록 피어나는 옛 정이 묻어나는 터에…….

비행에 나설 때마다 달력에 그려놓은 동그라미에 맞춰 난에 물을 주고 다독여 준 덕에 폐농을 면하게 해 주신 연로한 어머니와, 보름만에 돌아온 아빠가 낯설어 선물 든 가방만 챙기던 돌잡이 막내녀석이 이제 군대갈 나이가 다 될 동안 운명처럼 집밖으로만 나돌던 나를 아직 따뜻한 눈길로 맞아주는 가족들에게는 멋쩍고 고마울 따름이다.

도와준 모든 분들께도 따로 감사한 마음 전한다.

癸未年 初春에

素湖　李武慶

풋풋한 풀냄새 나는 풍경화 같은 글

斗然 李鍾浩(자유기고가)

내 서가에는 소호(素湖)가 그려준 파안대소하고 있는 달마그림이 책들 앞에 서 있다.

빛 바랜 두터운 한지 같은 자연석에다 그린 그림이다.

종이에 그린 달마도는 수없이 보아왔지만 생돌에다 직접 그린 달마도는 본적이 없다.

아마 이런 시도는 소호(素湖)가 처음 시작한 불사(佛事)(?)일런지 모른다.

웃고 있는 달마가 우스워서 나도 따라 웃으면서 이 돌을 보고 있노라면 어느덧 소호(素湖)가 내 상념(想念)의 뜰에 성큼 걸어 들어온다.

초인종을 누르면 주인이 없어도 "누구세요", "누구세요" 하는 가쁜 인기척이 나는 집, 그 대답이 소호의 목소리를 빼어 닮은 구관조 소리인 줄은 처음 이 집을 찾는 이들은 상상도 못하리라. 돌 진열대에는 수석(壽石)보다는 대번에 눈길을 확 끄는 달마를 그려놓은 천 여 점의 달마석들, 그 갖가지 모습에서 세사만상(世事萬想)의 상(像)이 떠올라 오랫동안 눈길을 떼지 못하게 하는 집, 그리고 난초와 야생초가 싱그러운 냄새를 풍기는 집, 그리고 한참 이야기를 하고 있노라면 간간이 "여보세요" 또는 "니 뭐하는 기고" 하다 가끔 "컥, 컥" 기침소리를 내며 말참견하는 구관조, 조종사 복장을 하고 비행기 앞에 서 있는 소호의 사진과 그림, 글씨들, 여름이면 마당에서 울어대는 맹꽁이 떼들, 이것이 소호 하면 떠오르는 내 생각의 풍경이지만 이것이 달마의 웃는 눈을 통하여 일어나니 참으로 묘하다는 생각이 든다.

소호의 글은 이야기를 들려주는 듯하여 말 같은 글이라는 생각이 든다. 한차례 소나기가 풀밭을 흔들고 간 풀 냄새가 나는가 하면 겉절이 같은 싱그러운 맛, 이런 풋풋함 때문에 나는 소호의 글을 좋아한다.

까뀌로 툭툭 찍어내어 만든 목물(木物) 같은 글이어서 좋다.

이런 목물은 쥐기 편하고 쓰기 편하고 좀처럼 싫증이 나지 않는데다가 오랫동안 손때만 묻히면 고태에 구수한 맛과 정까지 올려줄 수 있게 때문이다.

소호의 글은 맑고 잔잔하다는 생각이 든다.

떠가는 구름이 잔잔한 호수에 드리워지듯이 보고, 느끼고, 생각하는 것을 그대로

글로 띄워 보낸다.

하늘의 구름이 떠가면 호수의 구름도 따라 흐르고 하늘로 솟아 있는 산과 나무는 호수에 거꾸로 드리워지듯이 그렇게 쓰여져 있기에 말이다.

소호의 글에는 언뜻언뜻 삶에 대한 연민이 뜨인다. 더러는 안쓰러운 눈으로 우리네 삶을 바라보는 것 같다.

아마도 이것은 높이 높이 날아올라 멀리 멀리서 뭍을 내려다보면 그 속에 펼쳐지고 있는 희로애락과 오욕칠정에 얽히어 사는 인간적 삶이 참으로 하찮고 부질없게 보여 절로 연민이나 아쉬움을 짙게 느꼈을 것으로 내 나름대로 미루어 본다.

그러나 그 안쓰러움 때문에 소호의 글에는 살가운 맛이 하나 더해진다.

이런 소호가 모처럼 글을 모아 책으로 펴낸다니 여러 번 함께 돌밭을 누비며 돌과 인생과 문학과 예술, 나아가 때로는 철학과 종교까지 술잔에 타 부딪쳐 마셨던 나로서는 더할 나위 없이 기쁘다.

그리고 이런 기쁨에 더해 소호의 풋풋하고 맑은 마음의 풍경이 많은 사람들에게 전해짐과 아울러 앞으로 손때 묻은 목물처럼 쓰기 편하고 정다운 글이 많이 쓰여지기를 기대해 본다.

◀ 雲谷 姜張遠 선생님 祝畫

제 **1** 부

돌과 속물

온갖 흥미진진한 사연들이 담겨 있는 탐석기를 읽다보면 10여 년 전 내가 겪었던 낭패의 기억이 새로워진다.

'괌'은 산호섬으로, 섬 전체가 산호의 퇴적물로 형성되어 있다.

내가 묵게 된 호텔에서 내려다보이는 해변에는 그리 멀지 않은 곳에 작은 돌섬 하나가 떠 있었고, 그 주변에는 제법 그럴싸한 돌밭이 형성되어 있는 게 보였다. 산호석은 허연 색감에 대체로 석질이 무른 편이기는 하지만 그 대신 갖가지 다양한 형상을 연출하기도 한다. 또한 우리나라에서는 쉽게 볼 수 없다는 희귀성에도 생각이 미쳤다.

일단 수영복으로 갈아입고 해변으로 내려갔지만 섬에 닿을 수단이 마땅치가 않았다. 수영을 해서 건너 다닐만한 거리도 아니었고, 그 섬에서 맞춤한 돌을 만났을 경우를 가정해서라도 다른 수단을 강구해야 했다.

해변 근처에서 시간당 얼마씩을 받고 대여해 주고 있는 '카누' 비슷한 플라스틱제 보트 한 대를 빌리기로 했지만, 이것 또한 처음 타보는 사람에게는 다루기가 그리 수월한 것만은 아니었다. 조금만 중심을 잃어도 뒤집히기가 일쑤였기 때문이다.

한 시간 가량, 얕은 해변에서의 연습과정을 거친 다음, 어느 정도의 자신감이 생기자 조심스레 노를 저어 돌섬으로 향했다.

과연, 그곳에는 갖가지 형상의 돌들이 널려 있었다. 아직 그 누구의 발길도 닿지 않은 태고의 모습을 고스란히 간직하고 있는 것만 같은 정적이 감돌기도 했다. 잠깐 둘러보았는데도 석질이 단단한 투(透), 준(皴), 수(秀), 수(廋)의 요소를 두루 갖춘 괴석이나 경석, 그리고 별난 형상석들을 발견할 수 있었다.

그러나 어쩌랴, 나의 좁고 부실한 보트가 감당할 수 있는 무게는 겨우 규격석 한두 점이 고작일 뿐이다. 고심 끝에 나는 그 중에서 제법 석질이 강하면서 언뜻 유럽의 고성을 연상케 하기도 하고, 울릉도 촛대바위를 닮기도 한, 구멍이 시원스레 뚫린 입석 하나를 골라 실었다.

올 때처럼 조심스레 중심을 잡고 귀로에 오른 나의 항해는 순조로운 듯했고, 해변이 가까워 올수록 흐뭇한 성취감에 콧노래까지 흥얼거리는 여유로움이 있었다. 그러나, 미답(未踏)의 처녀지를 범한 데 대한 해신의 노여움이었을까? 그쯤에서 묘한 변수가 기다리고 있을 줄이야!

수영복으로 인해 생긴 자국을 지우려고 커다란 공기 침대 위에 반듯이 누워 인적 없는 외진 바다의 물결 따라 흐느적거리고 있는 젊은 여인의 나신.

그리고 좀더 자세히 보려고 고개를 쭉 내밀던 속물.

지금도 그날을 생각하면 떠오르는 영상이 둘 있다.

그때 천길 바다 속으로 되돌아가서 오늘도 인어들의 노래 소리를 듣고 있을 그날의 나의 명석과, 한 바가지 쯤 바닷물을 들이킨 나의 허우적거림에 놀라 황급히 수영복을 챙겨 입고 구조의 손길을 내밀던 그 일본 여인이다.

이제 살았다 싶을 때쯤, "땡큐"를 연발하고 있는 나를 향해 의미심장한 고소를 흘리던 그 여인은 분명 영원히 잊지 못할 내 생명의 은인이기도 하기 때문이다.

그게 글쎄, 병 주고 약 준 꼴이기는 하지만……

해룡 海龍

황당하기 이를 데 없었다.

이까짓 파도에 폭풍주의보라니?

어젯밤 일기예보에도 없었고, 이 섬으로 다닌 수십 번의 탐석에도 없었던 경우이다.

일요일 당일치기 탐석에 어머니를 비롯한 전 가족이 나선 터여서 더욱 낭패가 아닐 수 없었다.

어떻게든 다른 방법이 없을까 해서 매표소 아가씨를 붙들고 아이의 학교를 핑계삼아 사정을 해 보았지만 "이런 촌놈" 하는 눈살만 받았다.

우리는 사흘 간을 바닷가 민박집에서 끓어오르는 파도 소리를 들으며 꼼짝없이 갇혀 있어야 했다. 하루에도 몇 번씩 매표소로 전화를 걸어보았지만 매번 "주의보 발효 중"이라는 대답만 듣던 사흘째 아침.

기왕지사 여기까지 돌보러 온 참이니 돌이라도 한 번 더 보고 가자는 자포자기의 심정으로 물이 썰기 시작하는 희뿌연한 새벽 바닷가로 나섰다.

여전히 파도는 거세었고, 엊그제부터 깊은 바다로 대피해 있던 외항선 한 척도 그 자리에 그대로 있었다.

오늘도 틀린 건가……

그렇다면 오늘은 여태껏 한 번도 가보지 않았던 방파제 반대편인 험한 바위틈을 살펴보기로 작심했다.

파도를 피해가며 한참을 아슬아슬한 바위 타기를 하던 중, 방금 파도가 쓸고 내려

16

간 큰 바위 아래에 윗면이 동그스름한 적당한 크기의 돌 하나가 눈에 들어왔다.
파도가 물러나길 기다린 후 단숨에 달려가 두 손으로 얼른 건져서 들고 나왔다.
설핏 옆쪽을 보니 뱀 꼬리처럼 용트림한 양각의 흰 무늬가 보였다.
무언가 있구나 하는 직감에 일단 바람을 막아주는 큰 바위틈으로 자리를 옮겼다.
돌에 묻은 잡물과 이끼를 수건으로 닦아내던 나는 한순간 흠칫 놀라지 않을 수 없었다.
선명한 뿔과 머리 부분, 그리고 비늘 덮인 몸통 부분까지 연결되어 나타나는 것이
아닌가!
그럼 내가 서해의 해룡을 건진 셈이다.
젖은 수건에 감싸들고 되짚어 나오는 동안 나는 내가 왜 이 폭풍 속의 험한 절벽
을 타고 있게 되었는지 조차 잊고 있었다.
가쁜 숨을 고르며 방파제 위에 올라섰을 때야 비로소 조금 전부터 긴 뱃고동 소리
가 울리고 있었다는 사실에 생각이 미쳤다.
뒤돌아본 바다에는 그 외항선이 긴 여운을 남기며 항구를 향해 느릿느릿 움직이고
있었다. 하얀 포말이 사라지고 그 사이 바람이 자고 있었다.

그날 오후 무사히 귀가한 우리는 물을 가득 채운 수반 위에 잘 닦여진 용석을 올
려놓고 가족품평회를 열었다.
어머니, "영락없다"
큰 딸, "구름 타고 가네"
둘째 딸, "어머, 징그러!"
셋째 딸, "여의주도 물었네"
아들 놈, "번개도 치잖아"
끝으로 내가 한마디 덧붙였다.

"온갖 조화도 부릴 줄 안다!"

고수석 高手石

고수석(高手石)이란, 수석용어 책에는 없는 말이다. 그러나 요즘에는 가끔 듣게 되는 용어 중의 하나이기도 하다.

I 시의 연합전을 앞둔 얼마 전의 일이다.

1인 1점, 수준급으로 제한된 출품석에 대해 고심하고 있던 차에 연합전 광고 포스터가 눈에 띄었다. 초보일뿐인 내 눈에는 그다지 특별해 보이지 않는 단순한 형태의 오석(烏石) 한 점이 대표석(代表石)으로 올라와 있었다. 수석회 회장님께 그 돌에 대한 자문(諮問)을 구했다.

이른바 고수석(高手石)이라 했다.

제1세대 산수경석(山水景石)과 제2세대 물형석(物形石), 그리고 최근의 추상석(抽象石)까지 두루 섭렵한 후 돌의 내면(內面)까지 꿰뚫어 볼 수 있는 고차원(高次元)의 안목을 갖춘 고수(高手)들만이 이해하고 완상(玩賞)할 수 있는 매우 고급한 수석이라고 했다.

몇 점 들고 왔던 돌 모두가 수준 이하라는 딱지를 맞아 의기소침해 있던 내게 퍼뜩 떠오르는 돌 하나가 있었다.

꽤 오래 전에 탐석(探石)해 둔 단봉(單峯) 아래 작은 평원이 있고 앞뒤 볼륨이 제법 살아 있는 대표석(代表石)을 닮은 오석(烏石) 한 점.

그러나 그 돌은 애초부터 지나치게 단순하다는 이유 때문에 진작 풍란 석부작(風蘭石附作)을 해둔 상태였다. 부랴부랴 집으로 달려온 나는 한창 뿌리를 활착(活着)시키고 있는 풍란을 단숨에 뜯어내고 대강 흔적을 지운 후 출품장으로 들고 나갔다.

앞뒤로 한번 죽 훑어 본 출품 관계자로부터 저쪽 전시대 위에 올려놓으라는 허락
이 떨어졌다.
옳거니! 이게 바로 그 심오(深奧)하기 그지없다는 고수석류(高手石類)에 속하긴
하나보다 하고 나는 속으로 쾌재를 불렀다. 그러나 한껏 부푼 기대와는 달리 전시
회 내내 나의 고수석에 대해 관심을 보여준 이는 한 사람도 없었다, 오히려 미처
다 지우지 못한 흔적 때문에 까만 오석에 무슨 석부작(石附作)이냐는 핀잔만 들었
다. 석부작용(石附作用) 돌이 한 순간 끝없는 신분상승(身分上昇)을 꾀했다가 그
며칠 사이에 다시 몽돌로 전락(轉落)해 버리고 마는 과정을 겪고 있었다.
하지만 전시회가 끝난 후 나는 그 돌에 다시 풍란을 붙이는 대신 결이 고운 향나
무 좌대를 마련해 주기로 했다.
미망(迷妄) 속이기는 했지만 나는 전시대 위에 얹힌 그 돌의 산그늘 속에서 언뜻
한가로이 노니는 신선(神仙)들의 모습을 보았기 때문이다. 그리고 그 상산사호(商
山四皓)들은 이제 다시 장량(張良)이 예(禮)를 갖춰 찾아오지 않는 한, 뭇 사람들
의 시선 앞에 나설 일도 없을 터이다.
다만, 착각은 자유요, 커트라인도 없다고 여기고 있는 내 눈앞에서만 오래도록,
바둑판 앞에서 초연해 할 것 같다.

세리석

우리 모두가 IMF 한발(旱魃) 속에 목말라 하며 기죽어 지낼 때 박세리의 메이저 대회 우승 소식이 마치 한 줄기 소나기처럼 전해지던 날, 나는 '알래스카 앵커리지'의 돌밭에 있었다.

이곳에서 돌을 살필 수 있는 기회는 눈이 완전히 녹아 있는 짧은 여름 한철뿐이다. 상대적으로 길기만 한 겨울철엔 문자 그대로 설국(雪國)이어서 엄두조차 내지 못한다. 이곳의 수석감 또한 기이하다. 그 옛날 지각변동에 의해 강바닥이 산봉우리가 되어 있고, 곳에 따라서는 바닷가 모래절벽을 이루고 있다. 산꼭대기의 모래 땅에서 잘 수마된 계란석이 발견되기도 하고 바닷가 모래톱에는 해석(海石)이 아닌 강돌이 널려 있기도 하다. 석질(石質) 또한 우리나라의 남한강 돌과 거의 구분되지 않는다.

내가 이곳에 머무는 일정(日程)이래야 그리 여유로울리 없지만, 때로는 하루 24시간을 온전히 탐석에 열중할 수도 있다.

해가 지지 않는 땅.

한 여름의 백야현상(白夜現象) 때문이다. 이런 탐석의 호기를 놓칠 수 없어서 TV중계를 외면하고 돌밭으로 나섰다.

이곳은 내 수석생활의 신병훈련소였을 뿐만 아니라 앞으로도 이곳에 들릴 수 있는 한 그야말로 나만의 보물창고가 아닐 수 없다. 내가 한 번에 우리나라로 나를 수

있는 돌의 무게는 규격석 한
두 점과 소품 서너 점이 고작
이지만 매번 빠짐없이 골라간
돌 중에는, 유난히 신토불이
를 강조하는 수석가게 주인으
로부터도 후한 점수를 얻은
것이 여러 점에 달한다.
이제 곧 눈이 내리면 돌을 볼
수 없게 된다. 그러나 그런 것
이 문제가 되지 않는다. 다만
빗장 없는 창고 문을 한동안
닫아둘 뿐이다. 이곳의 수석
은 아무도 탐을 내지 않는다.
고갈될 염려도 없다. 매년 조
금씩 허물어져 내리는 수십
길 모래절벽 속에는 태고 적
에 이미 잘 수마된 갖가지 수
석감들이 수없이 박혀있다.
그래서 여름날의 나의 탐석행
은 언제나 즐겁다.

석명 : 세리석 · 산지 : 앵커리지 · 규격 : 10×13×8

별안간 비가 뿌리기 시작했다. 아무리 여름이어도 북극의 빗물은 얼음처럼 차갑
다. 이미 내가 감당할 수 있는 무게만큼 채워진 배낭을 추스르며 언덕을 오르던
중, 모래벽에 박혀 있는 아담한 오석 하나가 있어 빼내 보았다. 흙먼지 속에서도
흰색의 무늬가 있어 보이기에 급한 대로 파카 호주머니에 쑤셔 넣었다.

자동차 안에 도착해서야 차분하게 젖은 수건으로 돌을 닦아 보았다. 검은 모양(母樣)이 살아나고 백색 부분이 닦여지면서 한 여인의 뒷모습이 떠올랐다.

한쪽으로 모아 치켜든 두 팔 위에서 물방울이 튀고 있었다. 교과서에서 흔히 보게 되는 중세 여인의 목욕하는 장면이었다. 이름하여 '욕녀(浴女)'. 우선 눈에 익은 그림이어서 흡족했다.

귀로에 오늘의 만남을 자축(自祝)하기 위해 맥주 몇 병을 사기로 했다.

슈퍼마켓에 들어서던 나는 한순간 한꺼번에 터져 나오는 요란한 탄성과 박수소리에 어리둥절했다. TV를 지켜보던 많은 사람들이 지른 함성이었다.

화면 속에는 이제 막 마지막 홀의 퍼팅을 끝낸 박세리 선수가 두 손을 흔들며 환호하고 있었다.

드디어 해냈구나, 감격스러운 장면이었다.

모든 채널의 스포츠뉴스 시간에는 연못에 빠진 공을 맨발의 박세리 선수가 물방울을 튀기며 쳐 올리는 장면이 반복되고 있었다. 나는 아까 보았던 돌의 무늬를 새삼 확인해 볼 생각이 들었다.

그래, 바로 이 장면이야!

그 순간 희고 통통한 중세 여인의 두 다리는 박세리 선수의 단련된 의지의 다리로, 치켜진 두 팔은 절묘했던 스윙자세로, 그리고 튀겨진 물방울은 불굴의 투지가 쳐 올린 환희의 그것으로 바뀌었다.

이렇게 찾아진 세리석은 오늘도 나의 석장 속에서 지칠 줄 모르는 의지의 한국인을 표상하고 있다. 따라서, 내겐 또 하나의 숙제가 주어졌다.

그것은 바로 찬호석을 찾아내는 일이다.

요즘 나는 다음 시즌에서 20승을 달성하고 최고 연봉투수가 된 박찬호 선수가 힘차게 투구하고 있는 모습 하나 그리며 산다.

그것은 나만의 비밀창고가 그곳에 여전하기에 꾸는 꿈이다.

남근석 男根石

최근 강원도의 어느 포도대장 정경부인께서 관내 천연동굴 속에서 남근(男根) 닮은 석순(石筍) 하나를 몰래 꺾어 갔다가 온 나라 안에 공개적인 망신을 당하는 기사를 읽었다.

어느 수석가게 주인은 남근석만 나오면 아주머니들이 다 사가 버려서 이젠 집에 있는 것조차 하나도 남아있지 않다며 멋쩍게 웃었다.

처음엔 다소 의아스럽기도 하고, 그게 모두 작금의 무분별한 성개방 풍토 탓이려니 했다. 그러나 곰곰이 생각해 보면 성(性)에 그토록 엄격했던 조선시대 사대부 집안의 여인들 사이에도 남근 노리개가 성행했었고, 최근 공개된 신라시대의 정교한 남근석 출토품에서도 보았듯이 아무리 근엄(謹嚴)을 가장한 사회제도라도 인간의 원초적인 성적 호기심까지 온전히 구속하지는 못했었다는 것을 알게 된다.

수석전시장의 천연덕스러운 남근석 하나가 뭇사람들의 곁눈질을 가장 많이 받게 되는 인기코너인 것만 봐도 이는 분명 수석문화의 한 장르요, 물형석(物形石)의 범주에 당당히 포함된다 하겠다.

체면을 중시하는 수석인들 입장에서 남들처럼 세태에 가볍게 영합할 수도 없는 노릇이고 보면 공인이 된 취미생활 속의 남근석을 통해서나마 소박한 일탈(逸脫)을 맛보기 위한 한 방편일 수도 있겠다 여겨진다.

성적인 농담을 통해 자극을 자주 교환하는 부부일수록 가정이 원만하다는 연구결과도 있지 않았는가.

이에, 나도 입수된 남근석을 일단 수석으로 간주하고 다분히 의도적인 외설적 좌대를 주문하여 잘 보관해 두곤 한다. 다만, 남의 눈, 특히 딸아이들의 눈에 잘 띄지 않는 은밀한 장소를 마련해 두고 가끔 혼자서 가리개를 들치고 흠, 흠, 대며 감상하곤 한다.

그러던 중, 얼마 전 탐석 중에 민망스럽기 짝이 없는 여음석(女陰石) 하나를 만났다. 물론 예의 그 끼를 살려 살갗이 고운 외설적 좌대를 맞추었고, 그 연출에까지

24

골몰하게 되었다.

우선 내가 가진 남근석을 순서(?)대로 놓아보았다.

팍 짜부라진 놈, 조금 일어선 놈, 우뚝 솟은 놈, 그 다음에 여음석(女陰石)…….

볼 때마다 어딘가 아쉬웠던 그 공간에 아연 생기(生氣)가 찾아왔다.

돌이 살아나는 듯했다.

그리고 끝으로 능청스레 축 늘어진 놈을 가만히 놓아보았다.

비로소 찾아드는 나른한 평온(平穩).

성취 뒤에 따르는 흡족함만큼 하나의 시리즈가 완성되고 있었다.

언젠가 극장식 식당에서 현란한 몸짓을 하는 무용수(舞踊手)를 두고 코미디언
사회자가 하던 말이 생각났다.

"잘 보아두었다가 살림에 보태 쓰세요!"

잘 생긴 남근석 하나 장만해 두고 남편의 귀가를 살뜰히 기다리는 정숙(貞淑)한
주부 수석인에겐 그게 분명 살림에 요긴한 보탬이 될 것 같다.

이제사 남근석(男根石)을 선호하는 여성석인(女性石人)들의 속셈도 조금은 알 것
같기도 하고…… 흠, 흠…….

일석 日石

가의도.

그 섬을 생각하면 지금도 찡한 아쉬움과 함께 그 소녀가 떠오르곤 한다.

10여 년 전, 나는 그 섬에서 주먹만한 계란석 하나와 잘 생긴 모양(母樣)의 일석(日石) 하나를 주워왔었다.

바로 좌대를 맞추긴 했지만 아직 수석이 무엇인지 모를 때였기에 그냥 주워왔다는 표현이 적절하다.

그곳에 간 목적 또한 가까운 친목회원들과의 하루 섬 나들이었다.

그 돌은 돌아올 배를 기다리는 동안 인근 돌밭에서 잠시 시간을 보낼 때 눈에 띈 돌이었다.

섬 자체가 워낙 아담한 편이어서 한나절이면 다 돌아볼 수 있었고 인가 또한 십여 호에 지나지 않았다.

우리 일행이 돌밭에서 서성이자 아까부터 뒤따르며 유심히 살피고 있던 소녀 하나가 쪼르르 달려왔다.

한 열 살쯤 되었을까?

남루한 차림에 비해 해맑은 얼굴을 한 소녀였다.

"아저씨, 아저씨. 돌 주워 가면 큰일나요. 순경아저씨가 잡아가요!" 하며 마치 제 것을 빼앗기기나 한 양 안타까운 표정으로 한사코 말리려 들었다.

철없는 아이의 말이라 여겨 개의치 않았지만 한참 후에야 하는 짓이 조금 이상하다고 여겨졌다.

휘적, 휘적거리며 먼 곳을 바라보다 다시 생각난 듯 쪼르르 달려와서 아까와 똑같은 말을 반복하곤 했다.

우리는 예쁜 아이가 참 안됐구나 하고 혀를 차며 돌아왔었다.

그 일석(日石)은 마치 오래된 화선지처럼 부드러운 연노랑색 바탕 위에 힘차게 솟아오른 검은 선돌을 솜씨 있게 그려 넣고 중천에는 100원짜리 동전만한 둥근 태양이 밝게 빛나고 있었다. 가로로는 잔잔히 흐르는 안개와 바람이 지나고 있어 마치 선경(仙景)을 연출한 한 폭의 산수화(山水畵)를 연상시키고 있었다.

그 즈음 나는 한창 묵화 사군자 중 대나무 그림

· 석명 : 일출(日出)
· 산지 : 녹도
· 규격 : 5×6×2

그리기에 심취해 있었다.

술 취한 어느 날, 그동안 배운 솜씨를 한번 발휘해 보고 싶은 엉뚱한 취흥이
일었다.

일석(日石)의 한쪽 여백에다 유성(油性) 매직 붓펜으로 묵죽 한 폭을 그려
넣었다.

이로써 나는 그 그림이 비로소 완성된 것으로 여겼었다.

보는 사람마다 찬사를 아끼지 않았다.

참으로 제 머리 꼴만큼이나 소갈머리 없는 짓을 했다고 깨닫게 된 건 그로부터
한참 후 수석을 조금 알게 된 최근의 일이다.

그리고 맨 먼저 시도한 게 그 돌의 대나무 그림을 지우는 일이었다.

신나를 비롯하여 개털 그슬리는 화염방사기까지 동원해 갖은 방법을 다 써보았지
만 한번 돌갗에 깊이 스며든 유성 색소는 완강하기 그지없었다.

최후의 방법으로 그라인더를 동원한 표면연마를 시도했다.

요란한 굉음과 함께 온 집안에 자욱했던 돌가루 먼지가 가라앉고 "아무려면
이제야!" 하며 돌 표면을 닦아보았을 때, 나는 내 눈을 의심하지 않을 수 없었다.

그곳엔 대나무와 함께, 찬란했던 태양과 선돌의 자취, 그리고 잔잔히 흐르던
안개와 바람까지도 사라지고 없었다.

물을 적시고 다시 씻어보았지만 모든 게 허망한 짓이었다.

나는 요즘 일석이나 태양석 소리는 입에 담지도 못한다.

곁에서 그 과정을 모두 지켜본 아들놈이 걸핏하면 "있는 태양도 싹 지워버리는
아빠"라는 핀잔 때문이다.

이제 성인이 다 된 그때 그 소녀가 휘적휘적 다가와,

"아저씨, 순경이 잡아가요!" 할까 봐 그 섬에 다시 갈 엄두도 못 내고…….

선재도

대부도와 영흥도 사이에 있는 작은 섬, 선재도는 나와 각별한 인연이 있는 곳이다.

나의 친척 형님 한 분이 그곳에 살고 계시기 때문이다. 언제라도 훌쩍 다녀올 수 있는 가까운 거리지만 늘상 오라 하셔도 그러지를 못했다. 사실 형님네는 일년 중 단 며칠 간도 한가할 틈이 없다. 농사철엔 당도 높기로 유명한 섬 포도농사에 매달리고 논농사, 밭농사 또한 적지 않다. 사철 내내 공동 어장의 물때를 맞춰 굴과 바지락 수확에 나서야 하고, 또 섬 한 모퉁이에 큰 그물을 설치해 두고도 있다. "이건 내가 취미 삼아 하는 거여" 하시지만 2km가 넘는 그물을 매양 손질하고 관리하는 일이 그저 재미로만 보여지지 않는다. 형님 댁은 대체로 그 많은 일들을 모두 두 내외가 감당하고 사신다.

그날도 예고 없이 불쑥 나타난 나를 두 분은 반갑게 맞아주셨다.
"우린 어째 초저녁잠이 많네 그려" 하시면서도 오랜만의 술자리는 밤늦게까지 이어졌고, 아침에 깨어보니 어느새 형수님은 굴 따러 나가셨다며 밥상만 곱게 차려져 있었다. 어젯밤 내가 형님께 느닷없이 돌밭 얘기를 꺼내게 된 연유는 이렇다.
얼마 전 인근 P 시의 수석전시회를 보러 갔다.
여러 훌륭한 수석들 중 유난히 눈길을 끄는 수석 한 점이 있었다. 까만 묵석으로 높고 낮은 봉우리들이 절묘한 외곽을 이루는 가운데 평온하기 이를 데 없는 넓은 호수를 갖춘 돌, 나는 한동안 그 앞을 떠날 수가 없었다. 표지문을 읽어보니 산지가 선재도로 적혀 있었다. 눈이 번쩍 뜨였다.

그날 따라 한 치 앞도 분간 못할 짙은 해무(海霧)가 섬 전체를 덮고 있었다. 소주한 병과 망둥이 찐 것 등을 새참거리로 챙겨 실은 형님은, 어디로 어떻게 가는지도 모르게 경운기를 몰고 한참을 털털거리며 달렸다. 막상 경운기를 세워두고 돌밭에 나섰지만 안개 때문에 발끝만 보이는 그곳은 내가 찾는 바닥이 아닌 듯했다. 온통 허연 돌뿐이었다.
"내가 뭘 알아야지, 무얼……." 하면서도 형님은 연신 눈에 띄는 돌마다 들고 와서 내게 보여 주시곤 했다. 그렇게 한참을 살피다 보니 서서히 안개가 걷히면서 햇살이 비치기 시작했다. 으슴푸레한 갯가에 또 한패의 다른 이들이 바닷일을 하고 있었다.
찬 새벽바람을 맞으며 물이 나가는 시간에 맞춰 나온 억척스런 섬사람들, 그들 앞에 할 일 없이 돌밭에 서성이는 모습 자체가 왠지 민망한 노릇이었다. 나는 발걸음을 빨리 하여 그들이 보이지 않는 섬 뒤쪽을 향했다. 멀찍이 뒤따라 올 줄 알았던 형님이 어느새 나타나서 다시 "내가 뭘 알아야지, 무얼……." 하며 내 곁을 서성이셨다.
그러나 나는 그때, 간혹 보이기 시작한 까만 묵석에 온통 정신이 빠져 있었다. 전시장에서 본 그 호수석만이 눈앞에 어른거릴 따름이었다.

얼마나 지났을까? 어느새 밀물이 코앞에 다가와 있음을 깨달았을 땐 점심때를 훨씬 지나 몹시 시장기가 도는 시간이었다. 형님이 챙겨오신 새참과 함께 비로소 형님의 존재가 불현듯 떠올랐다. 그리고 우리가 경운기로 돌아왔을 때 그 사이 누군가가 우리들의 새참거리에 손을 댄 것을 알아챘다. 소주병이 반쯤 비워져 있었고 안주거리도 몇 마리 없어져 있었다.

그랬었구나.

형님은 아침밥도 거른 채 굴 따러 나선 형수님이 무거운 굴 바구니를 이고 먼 길을 돌아올게 못내 염려스러웠던 게다.

"우리 신랑 인물이야 좋지요" 하며 허리가 휘도록 억척스레 사 남매를 키워낸 형수님이시다. 나는 돌아오는 경운기 위에서 말없이 담배 한 개비에 불을 붙여 건네드렸다. 형님은 내가 묻지도 않은 대답을 하셨다.

"얼마 되지도 않은 거린데 무얼, 그나저나 빈손으로 가서 어쩐다……."

"금방 다시 와, 다음엔 등 너머 한번 가봄세" 하셨다.

구부정한 형님의 등을 한참보고 있노라니 그제야 아까 지나치는 혼잣말처럼 "잘 모르니까, 난 참 심심하네, 그려" 한 말씀이 생각났다.

한 번 빠져들면 매사에 막무가내인 내게 언젠가 누가 들려주었던 말이 있었다.

"눈치도 없는 게 인간인가?"

멀리 등 너머엔 여태 안개가 자욱 걸려 있었다. 까만 돌이 제법 많더라는 그곳엔 지금 한창 공사 중인 연륙교가 완성된 후에나 가보게 될 것 같다.

공돌 球石

경기용 공처럼 둥그란 돌.

수석에 전혀 문외한일지라도 처음 보는 순간, 한번쯤 신기해 할 돌이다.

오랜 세월 속에 잘 수마된 구석(球石) 한 점은 참으로 자연의 신묘한 손길을 한껏 느끼게 해주는 형태를 지니고 있다.

수석전시장의 많은 사람들 입에서 "어쩜, 어쩜" 하는 감탄사가 절로 새어나오는 걸 봐서도 누구나 보고 즐길 수 있는 사랑스런 돌이라 하겠다.

그러나 해안 도서지방에서 드물게 산출되던 구석은 이제는 공기가 약간 빠진 듯, 한쪽이 짜부라진 형태조차 찾아보기 힘들게 고갈되고 말았다고 한다.

이런 여건 속에 행여 남한강 오석 산지에서 바닷돌보다 더 완벽한 형태를 가진 축구 공만한 구석 한 점을 발견하게 된다면 그야말로 하늘이 내리신 석복(石福)이라 하지 않을 수 없겠다.

실제로 그런 행운의 순간을 맛보았던 사람이 있었다.

우리 수석회 부회장인 H 씨는 소문난 열성파 탐석인이다. 그는 그다지 오래되지 않은 석력에도 불구하고 집안 가득 넘쳐나는 수석들을 소장하고 있음을 보아도 미루어 짐작할 수 있다.

H 씨는 수년 전 남한강 골재채취장으로 야간 탐석을 부지런히 다니기도 했었다. 일과 후면 만사를 제쳐두고 밤길을 달려 작업이 끝난 돌무더기에 랜턴을 비춰가며

갖가지 수석들을 찾아내는 재미가 매우 쏠쏠했었다고 한다.

명석 산지로 유명했던 탄금대 돌밭에서의 일이다. 그날도 동행한 아내가 비춰주는 랜턴 불빛 속에서 갈고리로 돌무더기를 조금씩 허물어가며 고만 고만한 미석 몇 점을 골라내고 있던 중, 흙물이 잔뜩 묻은 제법 묵직해 보이는 오석 하나를 발견했다. 남한강 오석이야 그 형태를 불문하고 일단은 찬찬히 챙겨볼 일이다.

돌 틈에서 파내면서 보니 어째 예감이 이상했다.

장갑 낀 손으로 대강 흙먼지를 닦아보았다. 어느 한 곳도 흠집하나 없는 완전한 형태의 구석!

아내의 손에서 랜턴을 뺏어들고 다시 한번 살펴 본 그 돌은 수마 상태 또한 젊은 여인의 피부처럼 탄력 있게 빛나고 있었다.

한 순간 아랫도리 전체가 후들거리는 느낌을 받았다.

이래서 "일생 일석(一生一石)이란 말이 생겨났나 보다" 하며 떨리는 두 손으로 감싸안고 물가로 내 달렸다.

꽤 오랜 시간이 흐른 요즘도 H 씨는 가끔 그날을 씁쓸히 곱씹곤 한다.

"근처에 볼링장도 없던데, 그게 왜 그곳에 굴러다녔을꼬?"

"헛 참! 구멍보고 알았네."

대물 大物

회원들을 가득 태운 소형버스를 몰고 전국의 수석산지를 찾아다니는
미녀 수석인(美女 壽石人).
왠지 상상만 해도 절로 신이 나는 듯하다.
짧지 않은 기간 동안 수집한 각종 수석으로 집안 장식은 물론, 부업으로 열고
있는 상당 규모의 식당 내부 벽면까지 모두 채워 놓고 있는 H 여사.
감칠맛 나는 음식솜씨뿐만 아니라, 이 집의 잘 정돈된 수석이 풍기는 고상한
품격을 함께 음미하려는 고품위(高品位)의 손님들로 항상 성업 중이었다.
운전 못하는 남편 때문에 탐석시에는 언제나 부부 동반형이어서 수적 효과 또한
배가(倍加)되곤 한다.
이런 연유로 해서 항시 남의 부러움을 사기도 하는 이들 부부가 남한강 돌밭에서
잠시 갈등을 겪게 된 일이 있었다.
그곳에서 발견한 거대한 남근석(男根石) 하나를 두고 서로 의견이 엇갈리게 된 것
이다.
실물(實物)의 수십 배에 달하는 양물(陽物)의 크기는 보는 이로 하여금 상당한
위화감과 위축감을 느끼게 할 뿐만 아니라 특히 남성들에게는 왜소 콤플렉스마저
줄 수 있으니 버리고 가자는 남편과……
아니다. 산수경석의 작은 돌기 하나를 원산(遠山)으로 크게 보듯, 수석은 어디까
지나 그 상징성에 주안점을 두어야 하므로 반대로 큰 것을 작게 볼 수도 있다는
H 여사의 주장이 맞서게 되었다.
기실 크기에는 다소 질리긴 하지만 그 형상만은 너무도 흡사한데다 평소 아내의

안목을 높이 평가해 온 남편이다.
결국 그 대물은 얼마 후엔 마치 나비넥타이를 단정히 맨 듯한 좌대를 갖추고
식당 현관에서 마스코트 노릇을 하기에 이르렀다.
기존의 품위 있는 손님들 외에 다소 속기(俗氣)가 엿보이는 이들까지 입 소문에
의해 가세함으로써 IMF 이후에도 식당은 한층 번창하는 효과를 보게 되었다.
이런 경우를 두고 일석이조(一石二鳥)라 할 만하다.
그러나 뜻밖의 부작용이 생겼다.
한창 손님들로 붐비는 바쁜 시간에 굳이 주인을 불러내어
"이게 뭐요?" 하고 물어오는 짓궂은 손님들 때문에 영업에 막대한 지장을
초래하게 된 것이다.
하는 수 없이 바쁜 시간대엔 그 대물을 잠시 엎어놓기로 했다.
그러나 의도와는 달리 손님들은 그 저의를 미리 간파하고 있는 듯했다.
"얼레, 이 놈이 왜 엎드려 있어?" 하며 친절하게도 다시 세워 놓거나 일에
바쁜 사람을 불러내기는 마찬가지였다.
이에 그 대책에 골몰하던 H 여사.
궁여지책으로 우선 비닐봉지 하나를 뒤집어 씌워놓기로 했다.
조금 후 다시 부르는 소리에 이번엔 또 뭘까 하고 달려가 보니
점잖게 생긴 그 아저씨 왈……

"아줌마, 이 돌 오늘 밤 피임하요?"

도통바위 道通岩

우리 어머니의 고향 뒷산에는 도통바위라 불리는 선바위 하나가 우뚝 서 있다. "전설의 고향"에도 소개되었던 옛 전설을 지닌 바위다.

옛날 어느 도인(道人)이 오랜 수도생활에도 불구하고 도(道)를 깨치지 못해 갖은 고행(苦行)을 거듭하던 중, 도저히 깨달음을 얻을 수 없다는 절망 끝에, 그 바위 위에서 몸을 던지려는 순간, 일지광풍(一枝狂風)과 함께 하늘에서 내려친 벼락에 의해, 수십 길 바위가 세 쪽으로 갈라지고 마침내 도인은 득도(得道)하게 되었다는 이야기가 전해 내려오고 있다.

항상 떠나온 고향을 그리며 사시는 어머니께 그 도통바위를 닮은 돌 한 점을 찾아 드려 마치 고향을 되찾은 듯 기쁘게 해 드린 사연이 있다.

영흥도 주름석은 이미 전국적으로 소문이 나 있다.

수석가게에 진열된 몇 점의 주름석을 보긴 했지만 잘 알려진 돌밭이어서인지 그곳엔 우리가 찾는 형태의 주름석이 좀체 보이질 않았다. 몇 번 비슷한 듯하여 골라 든 돌조차도 동행한 수석점 K 사장으로부터 퇴짜를 맞곤 하던 차에, 제법 깊은 골이 패인 규격품 입석(立石) 한 점을 찾아내었다.

바라던 주름석은 아니었지만, 봉우리 사이에 박힌 이물질이 마치 건폭(乾瀑)을 연상시키고 있었다. 한번 흘낏 살펴 본 K 사장은 색감(色感)이 좋지 않다는 이유로 일언지하(一言之下)에 버리라고 했지만 밑자리가 반듯한 입석이어서 풍란 석부작용이라도 쓸 요량으로 부득부득 배낭에 넣어 둘러매었다.

그동안 엄격한 돌 선생임을 자임(自任)해 온 K 사장으로서는 나의 엉뚱한 반항에 다소 심기가 불편해진 듯했다.

바닷돌은 풍란이 붙지 않는다는 억지 핀잔에도 불구하고, 나는 왠지 전에 없던 고집을 부리고 있었다.

귀가 후 우선 돌의 소금기를 빼내기 위해 욕조에 가득 물을 채운 후 가져온 입석을 담가 놓았다.

이튿날 아침, 화장실에 간 나는 이상한 현상을 발견하게 되었다. 돌 틈에서 작은 물방울이 보글보글 올라오고 있었다. 지고 온 무게로 봐서 푸석돌은 분명 아닐 테고…….

봉우리 사이에 건폭처럼 보이는 이물질을 꼬챙이로 가만히 긁어 보았다. 흐물거리는 흙물이 진득하게 묻어 나왔다. 조심스레 손질을 끝낸 입석은 골이 완전히 드러난, 아니 거의 세 쪽으로 나눠진 독특한 입석의 경(景)을 갖추고 있었다.

알맞은 수반을 골라 앉힌 후, 다소 선명하지 못한 돌갗의 양생을 위해 분무기로 물을 뿌리고 있노라니 먼 빛으로 바라보던 어머니가 깜짝 놀라며 다가오셨다.

"아니, 이건 비슬산 도통바우네!"

어제의 버림 돌이 벼락도 아닌 꼬챙이 질 몇 번에 단연 도통바위로 명명(命名)이 되는 순간이었다.

오늘도 내가 퇴근 후 집에 들어서면 어머니는 맨 먼저 "나 도통바우에 물 뿌렸다" 하면서 흐뭇해 하시지만 그로 인해 내가 어느 한 순간, 전설 속의 옛 도인처럼 갑자기 돌도사로 득도나 하게 되지 않을까 은근히 염려도 되는 요즘이다.

사계석 四季石

문인화(文人畵) 중의 사군자(四君子).
즉, 매란국죽(梅蘭菊竹)을 그려놓고 사시청향(四時淸香)이라 쓴다.
대나무는 향기가 없지만 그 절의(節意)를 높이 사 겨울 향으로 삼는다.
한 폭의 그림에서 사계(四季)를 모두 느낄 수 있는 문인화의 세계처럼……
작은 돌 한 점에서 사계의 색다른 흥취를 맛볼 수 있다면
이는 분명 유별(有別)한 돌임이 자명할 것이다.
샌프란시스코는 그 아름다움으로 인해 자살(自殺)의 명소(名所)로도 이름난
금문교(金門橋)와 더불어 세계적으로 유명한 미항(美港)이다.
오랜만에 다시 찾은 금문교 위에서 내려다 본 3월의 바다는 봄기운이 완연했다.
그리고 뜻밖에 크게 클로즈업되면서 한 눈에 들어오는
다리 아래의 백사장과 돌밭.
그 순간 이미 나의 발길은 막무가내였다.
막상 언덕 위에 서서 보니 돌밭으로 내려가는 길은 따로 나 있지 않았다.
운동화도 아닌 정장 구두차림으로 풀숲을 헤치며 몇 번의 미끄럼질 끝에
당도한 돌밭은 멀리서 보던 것과는 달리 의외로 거친 바닥이었다.
그러나 진흙 속의 진주라 하지 않는가?
그런 대로 한참을 살피고 있노라니 저쪽 바위 절벽을 돌아 웬 사내 하나가
성큼성큼 다가오고 있었다.

석명 : 四季山 · 산지 : 샌프란시스코 · 규격 : 15×5×7

맙소사! 홀랑 벗은 나체족이었다.

그곳에 내가 있음에도 아랑곳하지 않는 태도였다.

그럼 내가 피할 수밖에……

반대편 바위 언덕 하나를 돌았다.

신천지인 양 펼쳐지는 널따란 백사장.

그곳에는 인적이 없는 듯했다.

아까와는 달리 군데군데 박혀 있는 잘 수마된 돌도 보였다.

반가운 김에 제법 돌밭이 무더기를 이룬 곳으로 한달음에 달려가던 나는 우뚝 멈춰 섰다.

돌무덤 뒤에 누워 있던 사내 하나가 인기척을 느끼고 벌떡 일어섰기 때문이다.

그야말로 어릴 적 장터에서 보았던 벌건, 말만한 양물을 가진 벌거숭이 녀석이

나를 그윽한 눈길로 바라보고 있었다.

그제야 이곳 샌프란시스코가 동성연애자들의 천국이란 생각이 퍼뜩 떠올랐다.

들고 있던 작은 배낭으로 얼른 나의 엉덩이 쪽을 가리며

황망히 고개 하나를 다시 넘었다.

아담한 백사장에 곱게 생긴 백인 아가씨 하나가 단정히 앉아 책을 읽고 있었다.

옷도 입고 있었다.

원시의 세상 어딘가를 헤매던 내가 비로소 문명 세상에 당도한 듯했다.

그리고 그 앞에 박혀 있는 정원석만한 바위 하나가 눈길을 끌었다.

가까이에서 살펴본 그 돌은 참으로 보기 드문 산수경석(山水景石)의 모습을

하고 있었다.

잘 수마된 경질의 돌이 온갖 수석의 요소를 고루 갖추고 백사장을 수반 삼아

잘 전시된 듯했다. 그리고 그 산자락 끝에 섬처럼 떠 있는

하얗고 조그마한 돌기 하나.
여러 가지 색상의 해초가 붙어 있는 것 같아 손으로 쓸어보았다.
그것이 움직였다. 여러 색상도 해초가 아닌 그냥 그대로의 돌갗이었다.
반듯한 밑자리에 전면(全面)으로 얌전한 배들이 굴곡을 이루고
한쪽으로 알맞게 솟은 산정(山頂)의 만년설(萬年雪)이 검은 암벽을 타고
빙하(氷河)처럼 흐르고 있었다.
한쪽 능선에는 이제 막 싹이 돋는 녹지대가 있고, 계곡 언저리에는
아직 연갈색의 단풍지대가 남아 있었다. 춘하추동(春夏秋冬)의 사계(四季)가
돌 하나에 모여 있었다.
그로부터 한참 후에야 나는 주위를 돌아볼 여유가 생겼다.
작은 돌 하나를 들고 눈 높이에서 지그시 바라보다 모래밭에 눌러놓고
엉덩이를 한껏 치켜들고 올려다보다 다시 돌려보곤 하는 내 행동에 놀란
그 아가씨가…….
어느새 책가방을 챙겨들고 아까 내가 그랬던 것처럼 엉덩이께를 애써 가려가며
슬금슬금 내 눈길을 피해 언덕을 올라가고 있었다.

구봉도 _{九峯島}

지금은 섬 아닌 섬이 된 대부도 끝머리에 구봉도란 지명의 긴 부리가 있다.

예부터 영험한 약수터로 이름난 곳이어서 한여름 복날이면 경향 각지에서 땀띠를
다스리려고 모여든 사람들로 붐비곤 했다고 한다. 길게 이어진 봉우리가 일곱이나
여덟인 것 같기도 하고 보기에 따라선 열이 넘어 보이기도 하지만 옛사람들은
그것을 아홉으로 보아 구봉도라 이름지어 불렀나 보다.

요즘은 이곳의 명물인 바지락 칼국수나 싱싱한 생선회 맛을 즐기려는 미식가들에
의해 일대가 차츰 유원지화되어 가고 있는 중이기도 하다.

십 리가 넘는 긴 해변을 따라 걷노라면 눈앞에 펼쳐지는 풍광 또한 예사롭지가
않다.

한가로이 누워 있는 크고 작은 섬 사이로 떠다니는 어선들…….

그리고 장엄한 서해의 낙조.

때로는 파도에 밀려 나와 지천으로 널려 있는 자연산 굴들을 양껏 주워다 모닥불
에 구워먹는 재미란 도심에서 자란 아이들에게는 잊혀지지 않는 추억거리로 오래
남게 되리라.

그러나 이곳에 굴과 바지락 양식장을 마련하고 생계를 이어가고 있는 토박이 주민

석명 : 九峰湖 · 산지 : 대부도 · 규격 : 21×7×15

들로서는 관광객이 많아질수록 여간 신경 쓰이는 일이 아닐 수 없겠다.

애써 길러 놓은 굴과 조개를 멋모르고 캐어 가려드는 도시 사람들을 일일이 제지해야 하는 번거로움 때문이다.

썰물 때면 2인 1조로 감시단을 편성하여 요소 요소에 자리잡고 해변에서 조금만 아래쪽으로 내려와도 긴 제지봉을 휘두르면서 10만 원 벌금 운운하며 겁을 주어 쫓아내곤 한다.

내가 이들과 숨바꼭질을 하거나 눈치를 살펴가면서까지 이곳을 자주 찾게된 데는 그만한 이유가 있다.

집을 나서서 자동차로 불과 30분 거리인데다, 우연히 가족 나들이 길에 물이 차면 건너다닐 수 없는 부리의 맨 끝머리쯤에서 질 좋은 오석밭을 발견했기 때문이다.

실은 즉, 그것 모두가 오래 전부터 일구어 온 이곳 주민들의 터전인 굴밭이긴 하지만, 검은 돌에 잔뜩 전도되어 있는 내 눈에는 그야말로 신생 오석밭으로 밖에 여겨지지 않았다.

그 후 짧은 시간적 여유만 생겨도 내 집 앞 개울 찾듯 들락거렸지만 물때가 맞지 않거나 감시원들의 눈길 때문에 번번이 헛걸음을 면치 못했다. 그때마다 빈 배낭을 탓하는 가족들에겐 구봉도란 지명을 들먹이며 "칠봉, 팔봉은 봤는데……."
쯧쯧 하거나, "허, 그게 아깝게도 십봉이어서 버리고 왔지!" 라고 했다.
공탕이 거듭되면서 거진 스무 봉짜리를 버렸다고 해야 할 즈음, 그 날도 밀물에
쫓겨 이제 막 모래톱을 건너려는 내게 인근 굴밭에 섞여 있는 둥근 오석 하나가
눈에 띄었다.
주위를 한번 휘둘러 살펴본 후 달려가 뒤집어보니, 잔뜩 붙은 굴 껍질 속에서도
돌의 가운데 부분이 움푹 패어진 듯했다.
일단 들고 있던 갈고리 끝으로 외곽선을 따라 굴 껍질을 떼어내 보았다.
마침내 드러난 돌갖은 내가 그토록 오매불망하던 호수석이 틀림없었다.
드디어 찾아냈구나 하며 배낭 속에 챙겨 넣고 막 일어서려는 순간, 뒷덜미 쪽에서
벼락 같은 호통소리가 들려왔다. 놀라 돌아보니 어느새 나타났는지, 우락부락하게
생긴 감시원 청년 하나가 양 허리에 손을 얹고 떠억 버티고 서 있지 않는가.
실로 난감하게도 굴을, 아니 굴밭떼기 한쪽을 통째로 떼어가려는 현장을 들켰으니
변명의 여지조차 없는 상황이었다.
어찌할 바를 몰라 엉거주춤 서 있는 내게 청년은 이리 나오라고 손짓을 했다.
온갖 망신을 다 당하는 장면이 눈앞에 어른거렸다. 내가 마지못해 가까이 다가가
자 그 청년, 조금 전까지 기세 등등하던 태도와는 달리 갑자기 은근한 말투로 내
게 물어왔다.
"저어…… 아저씨, 혹시 휴지 가진 것 좀 있어요?"

오늘도 나는, 현관 입구 수반 위에 잘 모셔 놓은 호수석의 낮게 이어진 봉우리를
굳이 아홉이라 고집하며 구봉호라 부른다. 그리고 가끔 석우들과 벌이는 고스톱
판에서 누군가가 '설사!' 하고 외치기라도 하면,
"그래, 그건 순전히 설사 덕이야……." 하고 혼자 되뇌이곤 한다.

부정탄 날

어느 날 돌 선배님께서, 몸소 꾸준히 실천한 덕에 상당한 효험을 보았노라며 내게 당부했었다.

심마니처럼 석 달 열흘은 아니더라도, 탐석 전날 하룻밤만이라도 목욕재계하고 일찌감치 등을 돌리고 잠자리에 들어 꿈을 청해야 한다고…….

명석을 갈망하는 지극한 정성과 극기는 때때로 현몽에 의해 현실화되기도 한다고 했다.

애당초 Y 사장 부부와 함께 나설 일이 아니었다.

Y 사장네는 우리 수석회에서도 유별난 잉꼬부부로 알려져 있다.

부부동반으로 개최된 어느 월례회 자리에서,

"다시 태어나도 지금의 남편과 다시 살고 싶은 부인!" 하는 회장님 제안에 유일하게 번쩍 손을 든 Y 씨 부인이다.

행여, 꿈의 효력에 영향을 미칠까봐 1박 2일 여정 내내 발설치 않았지만 사실 나는 탐석 전날 밤 좋은 꿈을 꾸었었다.

아이 넷을 가질 동안 한번도 꾸어보지 못했던 귀한 용꿈이었다.

여건상 태몽일리 만무하고 보면 그건 흔치 않는 명석에의 조짐이 분명하였다.

쉬지 않고 달렸지만 오후 늦게야 도착한 목적지에서 대충 지형 정찰을 마친 후 인근 여관방을 정해 놓고 저녁식사를 하는 자리에서였다.

마시지 못하는 줄 뻔히 알면서도 나는 Y 씨에게 소주 한 잔을 은근히 권하면서 다소 무리(?)가 되더라도 오늘 하룻밤만은 조신한 잠자리를 당부해 둘 심산이었다.

그러나 그것은 나의 쓸데없는 기우였다.

미처 내가 이야기도 꺼내기 전에 Y 씨는 자리를 털고 일어서며 비장한 어조로 선언했다.

"오늘은 목욕재계하고 곱게 자야지!"

나는 그 말을 전적으로 믿었다.

아내의 눈총을 떨쳐버리듯 위풍 당당히 여관 문을 들어서는 뒷모습이 전에 없이 결의에 찬 듯했기 때문이다.

날이 밝는 대로 바로 돌밭으로 나서자던 Y 사장이 어째 아침 늦게까지 미적거리는 폼이 다소 수상쩍기도 했지만 나는 부푼 용꿈을 안고 탐석에 나섰다.

결론부터 말하자면…….

이건 분명 부정탄 게 틀림없다! 일행 모두가 명석은 고사하고 몽돌 하나 건지지 못했음에랴.

1박이 포함된 장거리 탐석에 금실 좋은 부부의 독방이라니…….

금기사항 제1조를 감안치 못했음은 순전히 나의 불찰이었다.

귀로에 느긋하게 온천욕을 즐긴 후 긴 시간을 뒷좌석에서 남편의 품에 안기듯 휴식을 취하던 Y 씨 부인.

거의 집에 가까워진 듯하자 남편의 귀에 대고 나직이 속삭이는 소리가 들렸다.

"아까 그 온천물, 너무 매끄러워서 당신 나 꼭 껴안으면 쫄딱 빠져들 것 같애……." 했다.

"아무렴, 환생해서 다시 살 사람들이야 당연하겠지만 내 꿈, 아까운 내 용꿈 돌리도~!" 하고 나는 하마터면 큰소리로 외칠 뻔했다.

연인석

내겐 독일 프랑크푸르트의 마인 강변에서 발견한 아담한 녹색 돌 하나가 있다.
긴 레인코트를 입은 젊은 남녀가 포옹한 채 오랜 입맞춤을 하고 있는 듯한 형상석
이다.

처음 독일에 가면 울창한 숲을 보고 놀라게 된다. 대학의 임학과(林學科)는 의과
대학보다 한 학기가 더 있으며 이곳 출신들은 독일 최고의 신랑감으로 손꼽힌다고
한다. 높은 소득과 사회적인 존경, 그리고 무엇보다도 평생 전원생활을 누릴 수
있다는 매력에 신붓감들의 선망의 대상이 되고 있다. 그렇게 오랜 세월 과학적으
로 잘 가꾸어진 독일의 나무들은 한결같이 굵고 크다.

그리고 또 하나, 남녀 혼욕의 풍습을 가진 나라이기도 하다. 중세로부터 물을 아
끼기 위해 한번 데운 물로 온 가족이 함께 목욕하던 습관이 전래된 탓이라 했다.
남녀 칠세 부동석이요, 남녀가 유별하다는 오륜을 익힌 우리네 정서로서는 도무지
이해할 수 없는 기이한 풍습이기는 하지만…….

우리가 묵는 호텔 사우나탕 역시 예외가 아니다. 시차 적응이나 피로회복에는 삼
림욕과 목욕이 제격이다.

그 날 아침에도 나는 새벽 숲길을 걸으며 삼림욕을 즐긴 후 호텔 사우나탕으로 올
라갔다. 널찍한 사우나실은 비어 있었고 나는 느긋하게 타월 위에 가부좌를 틀고
앉아 땀을 흘리고 있었다.

먼 항로의 피로가 말끔히 가시는 듯했다.

조금 후 웅성거리는 소리와 함께 우르르 몰려 들어오는 십여 명의 희고 늘씬한 아가씨들…….

그들의 대화를 통해 이곳 항공사 여승무원들임을 직감할 수 있었다. 아무리 용인된 장소라 할지라도 남자라곤 나 혼자뿐인 상황에 다소 겸연쩍어 하는 나를 아랑곳하지 않고 그녀들은 또래의 여느 여자들처럼 호들갑을 떨어가며, 그 중 한 명의 구령에 맞춰 일제히 갖가지 포즈의 스트레칭으로 몸을 풀기 시작했다.

사우나의 열기에 잘 익은 인어들의 현란한 군무를 바라보면서 나는 이거야말로 꽃가루 봉지 속에 잘못 빠진 벌 한 마리 꼴 아닌가 싶었다.

급기야는 아까부터 나를 흘끔거리던 한 아가씨가 도저히 궁금증을 참을 수 없다는 듯 내 앞으로 성큼성큼 다가오더니, 거리낌 없이 나의 아랫도리를 찬찬히 관찰한 후 고개를 끄덕이며 제자리로 돌아갔다.

우선 기가 질렸다.

갑자기 사우나실의 열기가 배가되는 듯하며 나도 몰래 내 몸 어느 한 부분이 몹시 졸아드는 듯한 느낌을 받았다.

그 순간 문이 열리면서 일행인 듯한 남자 서너 명이 그녀들에게 아는 체를 하며 들어섰다.

남자 승무원들인 듯한 그들의 아랫도리로 눈길이 갔다.

과연 우람했다.

그러지 않아도 잔뜩 위축되어 있던 나는 슬그머니 그 자리를 빠져 나올 수밖에 없었다. 다소 씁쓸해진 입맛을 다시며…….

그 길로 찾아 나선 마인 강가엔 내가 찾는 수석감들이 좀체 보이질 않았다.

거칠고 크기만 한 갈색 푸석돌 일색이었다.

그만 돌아갈까 하던 중 물 속에서 선명하게 빛나고 있는 녹색 돌 하나가 눈에 띄었다. 얼른 건져내 보니 바로 규격석 사이즈의 입석이었다. 석질 또한 이곳의 바닥돌과는 전혀 다른 강질이었다.

그 자리에서 바로 "연인석"이라 명명할 수 있을 만큼 뚜렷한 형상도 지니고 있었다.

나는 그 "아담하고 단단한 돌"을 눈높이에서 한참동안 뜯어보다 여태까지 미처 감지하지 못했던 새로운 사실의 깨달음과 함께 못내 뿌듯함을 가누지 못해 상기된 목소리로 호텔 쪽을 향해 외쳤다.

"에라…… 이 푸석돌들아! 크기만 하면 다냐?"

"요만해야 수석이지……."

일회용 소모품화로 지난날의 풍란류와 야생란의 멸종이란 전철을

우리는 뼈저린 교훈으로 삼아야만 한다.

애 석 愛石

"사랑하면 알게 되고 알면 보이나니 그때 보이는 것은 전만 같지 않으리라"는
조선중기 어느 선비님이 하셨다는 말씀은 참으로 여러 예술분야에 잘 적용되는
명언이라 하겠다.

대학에서 굳이 전공을 하지 않았다 하더라도 어느 한 분야를 깊이 천착하려는
노력을 게을리 하지 않으면 자신도 모르게 차츰 사랑하게 되고 그에 따라 스스로
충분히 즐길 수 있을 만큼 알기 마련이라 여긴다.

나의 인척 동생인 O 군은 시내 좌석버스를 운전하는 틈틈이 라디오의 클래식
음악시간을 놓치지 않았다.

차츰 심취하게 되면서 각종 자료를 뒤적이게 되었고, 이젠 그 음악의 내역뿐만
아니라 음악가에 대한 갖가지 일화까지 두루 챙기게 되면서 지금은 놀랄 만큼
해박한 지식과 일가견을 가진 수준급 경지에 도달하게 되었다.

그리고 방송국과의 잦은 교류로 라디오 청취자들 사이에 널리 알려지게 되면서
오늘도 남다른 즐거움 속에 긍지에 찬 문화생활을 영위해 가고 있다.

미술분야 또한 심미안을 가진 이와 그렇지 못한 이의 안목 차이로 인한 웃지 못할
해프닝이 많음을 본다.

수석계의 원로이신 L 고문님은 수석을 보는 깊은 안목뿐만 아니라 그림에도
상당한 조예를 가지신 분이다.

I 시에 새로 지은 어느 빌딩의 준공식에 초대되어 간 길에 건물주의 안내로 들린

지하 다방에서 놀라운 장면을 보게 되었다. 미처 정돈되지 못한 다방의 벽에 걸린
대형 한국화 한 점이 근세의 대가인 C 화백의 보기 드문 걸작이었기 때문이다.
사연을 알고 보니 기가 막혔다.
그 그림은 건물주가 오래 전에 헌 두루마리 형태로 입수한 후 방치해 두었던
것으로 다방 개업식에 선물할 것이 마땅치 않아 대강 표구를 한 후 걸어두라고
준 것이라 했다. 더욱 가관인 것은 그림의 색상이 분위기에 어울리지 않는다는
이유로 조금 밝고 작은 현대화로 바꿔 와야겠다는 마담의 이야기였다.
참으로 욕심 없는 L 고문님이시다.
상대방이 알아듣기 쉽게 그 그림의 금전적 가치에 대해 직설적인
설명을 해 주었다. 당신 집을 다 팔아도 모자랄 거라고…….
이에 놀란 건물주는 허겁지겁 제 방으로 그림을 옮겨가며 수없이 머리를
조아렸다고 했다.
이와는 반대로 5·16 후 새로 철도청장에 임명된 모씨가 서울역 그릴의
대형 그림에 대한 진가를 알아채곤 내부수리 와중에 슬쩍 자기 집으로 옮겼다가
우연히 그릴에 들려 그림이 없어진 사실을 알게 된 최고회의 의장으로부터
"그림 제자리에 두시압"
하는 친서를 받고 혼비백산했다는 일화도 있다.
본격적으로 수석사랑에 빠져든 내가 눈에 띄는 수석가게마다 그냥 지나치질

못하던 몇 년 전의 일이다.

우연히 들린 그 가게의 전시실은 지하실에 따로 마련되어 있었다.

때마침 장마철이어서 지하실은 곳곳에서 물이 새고 몹시 습기가 찬 상태였다.

전시된 수석에 물을 뿌려가며 설명을 듣고 있던 중 석장 위에 비스듬히 얹혀 있는
몇 점의 서화 쪽에 눈길이 갔다. 그 중 그림 한 점이 무척 눈에 익은 듯하여
주인에게 잠시 내려서 살펴보게 해 달라고 청했다.

놀랍게도 그 그림은 평소 내가 흠모해 마지않던 K 선생님의 이십여 년 전
그림임이 분명했다.

주인은 오래 전 어느 여자 분이 돌 한 점과 맞바꾸어간 그림이라는 설명을
곁들였다. 자칫 습기 찬 지하실에서 퇴색되어 버려질 뻔한 그 그림은 지금
내가 잘 보관하고 있다.

물론 대수롭지 않게 여기고 있는 주인에게는 그에 합당한 대가를 치렀다.

나의 전화를 받은 K 선생님,

"오— 그래? 거참 반가운 일일세 그려"

하며 기뻐하시던 목소리만큼이나……

이제 나의 눈에도 수석과 그림이 조금씩 전과 같지 않게 보이는 것 같아
마냥 기쁘다.

석복石福

세상에 이런 복이 또 있을까 싶었다.

하늘에서 돌 벼락이 우르르 쏟아지는 곳.

그것도 남한강의 한복판 생지(生地)를 파서 우리 앞에 갖가지 돌들을 쏟아 놓는다
면 수석인으로서는 꿈속에서나 바랄 수 있는 상황이 아닌가 싶다.

배 선장이면서 선주이기도 한 Y 회원의 동료가 운영하는 남한강 골재채취장의 예
인선 덕분에 굴착선에 올라볼 행운을 얻었다.

바다에서 운용되던 예인선이 필요에 따라서는 댐 위의 강으로도 진출한다는 사실
을 그때 처음 알았다.

굴착기의 쇠바가지가 강바닥을 퍼 올린 후 컨베이어 벨트를 통해 거대한 멍텅구리
골재선으로 옮겨 싣는 과정에서 우리들에겐 신나는 돌 벼락이 된다.

끊임없이 쏟아져 내려오는 돌과 모래더미 속에서 언뜻 볼 만한 돌이 발견되면 긴
갈고리로 신속히 끌어내어 살펴보는 과정이 종일 계속되었다.

잠시도 눈을 뗄 수 없는 기대감의 연속이었다.

둘러서 있는 회원들 가운데 누구 앞으로 수석감이 굴러 떨어질지도 알 수가 없다.

오직 하늘이 주신 석복만을 바라며 제자리를 지키고 서 있는 형국이었다.

사실 그 날 하루가 내가 수석을 한 이래 가장 넓은 돌밭을 살핀 날인 셈이다.

상상할 수 없을 만큼 많은 돌들이 내 발 앞으로 떨어지고 밀려 내려왔다.

그러나 결국 수석다운 돌은 발견하지 못했다.

일진을 탓하기에 앞서 쓸 만한 수석 한 점 찾기가 얼마나 지난한 일인지 실감하는
자리였다.

이곳이 이러할진데 만인의 눈앞에 온통 드러난 지표면에서의 탐석이란, 실로 모래
밭에서 바늘 찾기만큼이나 용이하지 않다는 사실과 함께, 그나마 지금까지 소장하
고 있는 돌들의 소중함이 새삼스러워지는 느낌이었다.

거의 작업이 끝날 때쯤 각자 따로 모아두었던 돌들을 선별할 때도 확실히 눈
에 띄는 돌은 아무도 가지지를 못한 듯했다.

다만 L 씨가 가진 노란 호박색 초가지붕 돌 하나
가 내가 챙긴 초가석에 비해 훨씬
크고 원형에 가까운 모습
을 하고 있었다.
나는 그 돌을

석명 : 초옥(草屋) · 산지 : 남한강 · 규격 : 32×11×18

물로 씻어 보이면서 "노란색이 한결 살아나니 마치 방금 새로 이은 초가지붕에 달빛이 비치는 듯하다"고 했다.

실제로 나는 그런 감흥을 받았다.

돌아갈 배가 준비되고 각자 신문지로 싸서 그런 대로의 수확물들을 배낭에 챙겨 넣을 때 L 씨는 그 초가석을 내 쪽으로 슬쩍 밀어주며 "난 집에 초가석 하나 있다오" 했다.

좋은 돌이야 많아서 나쁠 것 없는 게 수석인 아닌가?

나는 오늘도 그 초가석의 좌대를 짜기 위해 내 어린 날 추억이 고스란히 담긴 고향 옛집의 구조에 대한 희미한 기억을 더듬으며 L 씨를 생각한다.

나는 석복(石福)에 비해 다행히도 인복(人福)만은 커다랗고 누런 호박돌만큼이나 풍요롭구나 한다.

탁족 濯足

반 년은 맑고 반 년은 흐린 물이 흘렀다는 창랑(滄浪).

그 물이 맑을 때는 갓끈을 씻고 흐릴 때는 발을 씻었다는 고사에 의해 탁족도(濯足圖)가 그려졌다.

사람마다의 인품과 몸가짐에 따라 세상의 인식이 그토록 다를 수 있다는 교훈을 담은 그림이다.

비원의 부용정처럼 물에 두 발을 담근 건축물 또한 탁족도의 의미를 갖는다.

임금 스스로 청정할 것임을 다짐하는 일종의 지표인 셈이다.

먼 길을 떠난 나그네가 맑은 계류를 만나 잠시 시원한 물 속에 발을 담그고 탁족함은 지나온 여정의 온갖 속진과 시름까지 말끔히 씻어버릴 수 있는 개운함의 극치일 것 같아 또 다른 탈속의 의미로도 보여진다.

듣던 바 데로 강원도 영월 땅 동강(東江)의 물은 당연히 갓끈을 씻을 만했다.

그러나 함께 간 어머니와 나는 본의 아니게 그곳에서 탁족을 하게 되었다.

작년의 큰물에 끊긴 간이교가 아직 복구되지 않아 허벅지까지 차는 제법 큰 여울을 건너야 했기 때문이다.

칠순을 넘긴 어머니는 오히려 내게 "미끄럽다. 조심해라"는 당부를 여러 번 반복하셨다.

그리고 이렇게 세찬 물은 거슬러 오르려하지 말고 물살 따라 내려가면서 건너는 것이 순리라는 것도 새삼 일러주셨다.

여울을 다 건너고 보니 그곳에도 장년의 남자 한 분이 느긋이 탁족을 즐기며 앉아 있었다.

노트와 연필을 꺼내 들고 하늘 한 번, 물 한 번, 산 한 번, 번갈아 바라보며 무언가 골몰히 상념에 젖어 있는 듯하여 가만히 귀를 기울여 보았다.

'흐르는 물소리…… 바람소리…… 염불소리……'

뒷말은 물소리에 묻혀 잘 들리지 않았지만 주위를 한 바퀴 둘러보아도 염불소리가 들려올 만한 절간 같은 것은 보이지 않았다.

여울을 흐르는 물소리만으로도 시인은 그 순간 이미 현실세계를 떠나 있는 듯했다.

오직 발을 담근 물 속에서 한 줄 시어(詩語)를 건져 올리고 있었다.

나는 잠시 돌을 살피러 온 일조차 잊고, 산나물을 찾아 저만치 산에 오르고 있는 어머니의 뒷모습을 바라보며 먼 기억 속에 오래 잠자고 있던 어떤 소리 하나를 끄집어내고 있었다.

어린 날 어머니의 손을 잡고 외갓집 가던 길에 밤사이 갑자기 물이 불어난 개울을 건너던 아스라한 기억 하나…….

그리고 어제 일처럼 떠오르는 물소리, 바람소리, 염불소리…….

철쭉꽃 흐드러지던 이맘때였던가.

그때도 내 손을 꼭 쥔 어머니는 오늘처럼 "미끄럽다! 조심해래이" 하는 당부를 여러 번 반복했던 것 같다.

그래, 돌아오는 오월이면 그곳엘 가야겠다.

지금은 반겨줄 이 하나 없는 잃어버린 고향이지만 어머니가 항상 꿈에 그리시는 비슬산 계곡의 물소리, 바람소리, 천년고찰 유가사의 염불소리 여전할 그곳엔들 돌과 나물이 없을 리야!

전사들

"이건 주최측의 농간이다!"

심사결과가 발표되자 누군가가 외쳤다.

사실 그럴 만도 했다.

백 오십여 명이 나선 I 시의 연합 대규모 탐석대회에서 우리 단일 수석회가 1등, 2등, 3등 모두를 독차지한 결과가 되고 말았으니 말이다.

뜻밖의 장원을 차지한 나는 갈아입을 옷도 준비 못한 주제에 속옷뿐만 아니라 당장 피울 조끼 속의 담배조차 후줄근히 젖어 있는 물에 빠진 생쥐 꼴로 다슬기 잡는 수경 하나를 챙겨들고 서 있었다.

2등인 우리 수석회 막내는 사람들이 들어갈 엄두도 내지 못할 강 건너편 산 아래 돌밭을 목표로 험한 절벽을 타느라 손과 발 여러 곳에 긁힌 상처가 나 있었다.

3등짜리 우리 회원, 긴 장화에 한 길 넘는 삼지창 갈고리를 꼰아들고 장판교의 장비처럼 떠억 버티고 서 있었다.

그제야 불만을 터뜨리던 대열 속의 아까 그 사람도 함께 박수를 치고 있었다.

아무리 석복 운운하지만 사생결단을 각오한 신참들의 무모함 앞에 고참들의 노련함이 한 발 양보를 하지 않을 수 없었나 보다.

귀로의 버스 속에서 아직도 눅눅한 아랫도리가 불편하여 신문지를 잔뜩 깔고 뭉그적거리고 있노라니 뒷좌석의 어느 여성 수석인이 조금은 시샘 섞인 목소리로 소곤

· 석명 : 죽(竹)
· 산지 : 남한강
· 규격 : 7×6×2.5

대고 있었다.
"1등짜리 저 사람 퉁퉁 불었겠다. 그지?"
듣고 보니 그랬다.
그게 민물이었기에 망정이지 짠물이었으면 "고추지" 담갔다 할 뻔했지 않는가.
그리고 열성파 여류 수석회원들과는 바다 탐석 갈 일은 아니다 여겨졌다.
행여 "무슨 조개젓" 담갔단 말 나오지 말란 법 없기에 말이다.

먹 번짐

내가 아는 어느 서예인은 중요한 공모전을 앞두고 며칠 밤을 꼬박 세워 글씨를 썼다.

오랜 기간 동안 수련해 온 솜씨를 가다듬어 수십 장의 작품을 공들여 쓴 후 그 중 가장 흡족한 작품 한 점을 골라내기 위해서다.

드디어 출품 마감 날, 그 방면에 상당한 안목을 갖춘 아내의 조언을 얻어가며 최종적으로 한 점을 낙점했다.

스스로 대견스러울 만큼 자신감 넘치는 글씨였다.

옛 도공들의 장인 혼을 본받아 나머지 작품들을 미련 없이 찢어버렸다.

이제 낙관을 위해 흔히 낙관글씨라 일컬어지는 서명을 할 차례다.

낙관글씨 또한 심사과정에선 중요한 관점이 된다고 했다.

지난 밤 쓰다 남아 따로 병에 담아 두었던 먹물을 벼루에 따른 후 붓을 가다듬었다. 어째 붓 가는 감촉이 전과 다른 듯했다.

그리고 순식간에 번져 가는 먹물.

석명 : 국(菊) · 산지 : 이원 · 규격 : 8×6×2.5

새로 갈아 쓰려고 물을 조금 타 두었던 사실을 깜빡 잊은 탓이다. 황급히 습지를
대어 더 이상 번지는 것을 막았지만 본문과는 확연히 다른 빛깔의 글씨가 되고
말았다. 이제 더 이상 작품을 할 만한 시간적 여유나 심신의 여력도 남아 있지
않았다.
심사결과가 발표되던 날.
결국 먹이 번진 낙관글씨가 빌미가 되어 특선 반열에 들었던 작품이 입선으로
한 단계 내려앉고 말았다는 후문을 들었다. 작은 실수가 두고두고 후회를 낳은
경우다.

이와 비슷한 또 다른 경우 하나.
— 하얀 화선지 위에 진한 농묵으로 점 하나 찍고 —
다시 기필하여 아래로 힘차게 운필한 후 붓끝을 살짝 들어 다음 획을 위해
옮기려는 순간,
아뿔싸 —.
먹물이 너무 많아 습지를 댈 겨를도 없이 사르르 번지고 말았다.
큰 실수가 있었음을 인정하고 터무니없음도 뻔히 알면서 나는 뻔뻔스럽게도
그런 작품을 뭇 사람들의 시선 앞에 보란 듯 전시해 놓았다.
그러나 그 작품을 대하는 이마다 고개를 갸웃하며 굳이 나를 불러
이것이 진짜냐고 따로 묻는다.
그때마다 나는 자신 있게 대답한다.
"네! 이건 '따로' 가 아닙니다."
그러나 그들은 다시 한번 찬찬히 살펴 본 후 혀를 내두르며 탄복하곤 한다.

그 작품은 하얀 화선지 위에 이름 모를 자연의 서예가가 쓰다 버린
바로 천연의 '먹번짐 돌' 이기 때문이다.

망측한 날

참으로 짓궂은 석신이시다.

타슈겐트에서의 일이다.

돌밭에 들어서자마자 까만 오석 하나가 눈에 띄었다.

물에 씻어 살펴보니 망측스럽게도 어찌 그리 여성용 생리대와 흡사한지…….

좌우의 오므림조차 영락없었다.

몸에 닿았을 때 포근함까지 느낄 것 같았다.

언젠가 어느 책에서도 본 것 같은 형태여서 '헛 참!'을 연발하면서도 일단 배낭 속에 챙겨 넣었다.

햇볕이 따가웠다. 속옷부터 후줄근히 젖어왔다.

조끼를 벗어 배낭 속에 쑤셔 넣고 나니 한결 나아진 듯 했다.

여느 때완 달리 한나절 동안 그것 하나가 전부였다.

투덜거리며 다리 아래 그늘을 찾아 챙겨간 음료수와 빵으로 점심을 때우며 가만히 생각하니…….

아뿔싸! 그렇구나. 오늘따라 돌밭에 들어서자마자 공손한 자세로 석신께 고개 숙여 절하며 그럴듯한 수석 한 점만 점지해 달라는 극진한 인사과정을 깜빡했었다.

그리고 가만…….

또 무언가 허전하기 그지없다.

석명 : 默示 · 산지 : 타슈켄트 · 규격 : 23×5×13

얼른 배낭을 뒤집어 보았다.

아까 벗어 넣었던 조끼가 온데 간데 없다.

조끼 속엔 나의 전 재산이 든 지갑이랑 수첩, 그리고 호텔 방 열쇠까지 몽땅 들어 있지 않은가!

이런 낭패가…… 눈앞이 캄캄했다.

러시아와 토속어로만 통용되는 나라여서 말도 전혀 통하지 않는 이곳에서 택시로 한 시간 거리인 호텔까지는 무슨 수로 갈 것이며, 호텔 방 열쇠를 무슨 마패인 양

내보여 주지 않는 한, 헌 배낭에 벙거지를 눌러 쓴 상거지 차림인 내 몰골로 이 나라 초특급 VIP용 호텔 근처를 삼엄하게 지키고 서 있는 무장 경찰들의 검문을 통과하기도 난망이다.

오전 중 지나온 돌밭 근처에 소 먹이는 몇몇 하동들이 물장구를 치고 있다가 돌밭 위를 어슬렁거리는 나를 의아한 듯 바라보던 모습이 떠올랐다.

모골이 송연했다.

일단 왔던 길을 되짚어 가보기로 했다.

그러나 참으로 다행스럽게도 염려했던 것과는 달리 그리 멀지 않은 곳에 조끼가 떨어져 있는 것이 먼 발치에서 보였다.

아까 조그만 물고기를 물고 고개를 세운 채 헤엄쳐오는 물뱀에게 놀라 허겁지겁 기어올랐던 작은 언덕 중턱이었다.

이제 살았구나 하고 달려가 보니 항상 넣고 다니는 스위스제 군용 칼까지 그곳에 함께 떨어져 있었다.

한숨을 돌리며 일단 내용물을 확인 한 후 배낭 속에 단단히 챙겨 넣고 난 다음, 그 자리에 넓죽 엎드려 석신께 큰절을 올렸다.

"오늘 하루 나의 비례를 크신 아량으로 용서하소서." 하고 성심으로 빌고 난 후 막 일어서려는 순간, 코앞에 뾰족 솟아 있는 야릇한 돌 한 점이 눈에 띄었다.

호호……. 참 짓궂으시긴…….

이번에도 어찌 그리 빼 닮았는지…… 그것은 거의 실물에 가까운 젖꼭지 돌이었다.

무슨 심술이신가?

입도 벙긋 안 했는데 내가 한 열흘째 집 떠나 있음을 어찌 아셨는지…….

그 날 나는 너무 덥기도 하려니와 돌밭에 더 미적거리다가는 또 어떤 망측함을 겪게 될지 몰라 서둘러 택시를 잡아타고 돌아오며 혼자 생각했다.

"보나마나 그 다음엔 여음석 차례였겠지……!"

제 2 부

김 나타샤

“타슈겐트”

옛 실크로드의 오아시스에서 발전해 온 중앙아시아의 넓은 땅 “우즈베키스탄”의
수도이다.

구 소련의 스탈린에 의해 강제 이주당한 고려족들. 이른바 “카레이스키”라 불리는
동포들이 어기찬 삶을 이어가고 있는 집단촌을 찾았던 나는 그곳에서 뜻밖의 돌밭
을 발견했다.

끝없이 이어지는 강가에 서서 잘 수마된 갖가지 석질의 돌들이 지천으로 널려 있
는 광활한 돌밭을 바라보며 나는 신천지를 발견한 개척자처럼 환희에 찬 심호흡을
했었다.

지금도 수석인들 사이에 전설처럼 전해오는 옛 남한강 천서리 오석에 버금가는 잘
수마된 진오석을 대하는 순간, 나는 우리나라 최초의 수석인들이 그곳에서 느끼던
희열을 다소나마 가늠할 수 있을 것 같았다.

이제 막, 사회주의 국가의 장막을 걷어내고 에어컨 없는 “티코” 택시와 “다마스”
앰뷸런스에 대해 최고의 찬사를 아끼지 않는 이곳 사람들은 아직 수석이 무엇인지
알지 못한다.

그리고 이곳 시내 곳곳에는 “우즈 — 대우” 간판의 자동차 대리점으로 상징되는
한국인 상사원들을 상대하는 한국식당과 노래방 몇 곳이 성업 중이기도 하다.

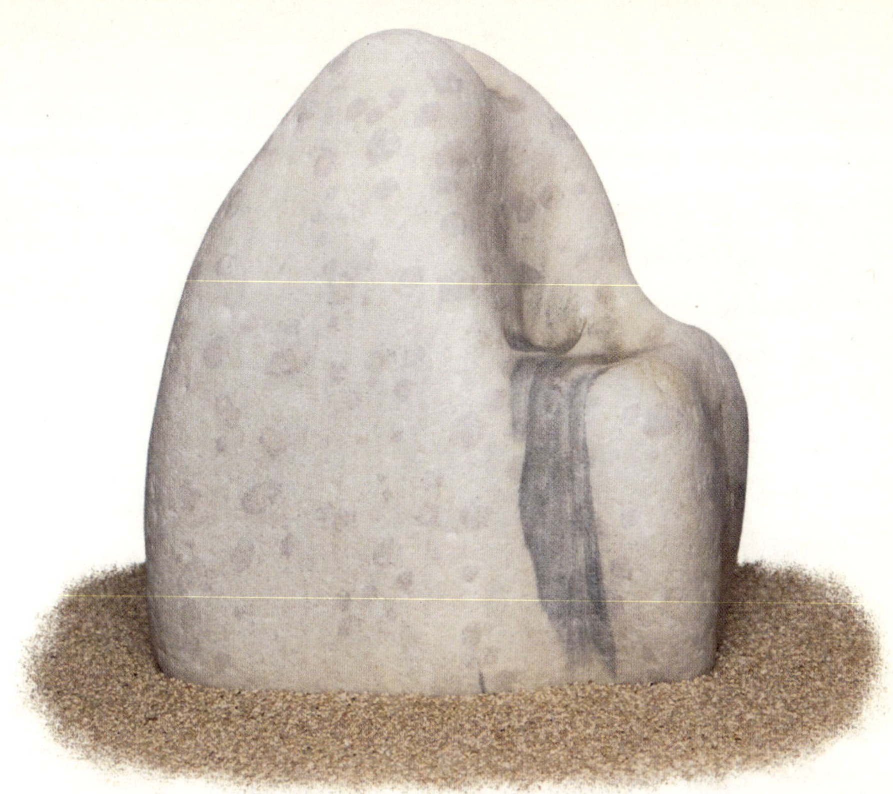

석명 : 雪瀑 · 산지 : 호도 · 규격 : 22×24×12

이곳의 여종업원들은 정규 의과대학 출신의 의사를 비롯한 영어를 구사할 줄 아는 고학력자에다 티 없이 맑은 피부와 푸른 눈을 가진 인형처럼 어여쁜 미모의 여성들이다.

그녀들은 사회주의 국가들의 공통점인 터무니없이 낮은 임금에 비해 고소득이 보장되는 한인업소에 엄선되어 시중을 들고 있다.

그러나 그녀들은 회교국 특유의 정서와 전통을 고수하며 돈 앞에 쉽게 몸과 마음을 허락하지 않는 자존심을 지킨다.

따라서 업소 바깥에서의 은밀한 만남은 금기사항인 동시에 일단 실행시는 모든 것을 허락한다는 뜻이기도 하다.

"김 나타샤"

나는 그녀를 그곳 노래방에서 처음 만났다.

아버지가 고려족이라 했다.

그녀의 맑고 순박한 눈빛을 바라보며 일제의 압제를 피해간 선인들이 조국과 가까운 땅에서조차 뿌리내리지 못하고 다시 소처럼 끌려 낯설고 물설은 이 먼 땅으로 강제 이주당하던 나라 잃은 민족의 애환을 읽는 듯했다.

나는 그곳에 들릴 때마다 그녀를 찾았다.

때론 오래 기다려서라도 그녀를 불러 함께 흘러간 옛 노래를 부르곤 했다.

그러던 어느 날, 그녀는 눈물을 글썽이며 내게 말했다.

며칠 후면 그 동안 모은 돈으로 음악공부를 계속하러 동구로 떠난다고…….

이곳도 오늘이 마지막 날이라 했다.

그리고 그동안 고마웠다는 인사와 함께 자신의 집 전화번호가 적힌 쪽지 하나를 내 호주머니에 꽂아주었다.

그러나 나는 외부에서 그녀와 만날 수 있는 유일한 기회인 그 이튿날 전화를 거는 대신 배낭을 둘러메고 돌밭으로 향했다.

온몸에 물집이 잡힐 만큼 내리쬐는 폭염 속에 내가 감당할 수 없을 만큼 많은 돌들을 지고 또 져 날라 다리 아래에 쌓았다.

오후 늦게 호텔로 돌아온 나는 냉수를 한없이 마셔대도 가시지 않는 갈증을 달래려 냉장고 속의 맥주를 연거푸 들이키며 메고 온 애무석 한 점으로 오래도록 가슴을 문질렀다.

그리고 그녀와 함께 불렀던 "눈물 젖은 두만강"과 "타향살이"를 나직이 불러보며 이제 다시는 만들지 못할 추억의 한 페이지를 넘기고 있었다.

다만, 돌처럼 오래 남을 고운 추억거리 하나로…….

취 담醉談

비록 각자의 생업은 다를지라도 같은 취미생활을 가진 친구 하나가 늘 가까이 있
다면 둘 사이에 이미 형성된 폭 넓은 공감대로 인해 항상 공통의 화제가 술잔 위
에 머물러 한결 즐겁기 마련이다.

오랜 날 동양난 기르기를 위시해 여러 취미생활을 함께 해오던 C 군은 그간 나를
비춰주던 거울이자 선의의 경쟁자이기도 했다.

그러나 내가 한창 수석취미에 맛을 들일 때쯤, 그는 당시만 해도 부르주아 취미로
매도당하곤 하던 골프채를 둘러메고 나서는 반동의 길을 택했다.

물론 그대로 간과할 수만은 없었던 나는 수 차례 그를 꼬드겨 가까운 섬과 산으로
끌고 다니며 수석취미의 건강성과 경제적 우월성을 세뇌시키려 갖은 애를 다 썼
다.

지금도 C 군의 아파트 거실엔, 당시 나의 물귀신 작전 중에 탐석한 돌들이 요소
요소에 연출되어 있기도 하다.

그 중 제법 그럴듯한 좌대를 갖춘 희귀한 홍매석 한 점도 내가 선물한 것이다.

언젠가 나의 집요한 노력이 헛되지 않았을 경우를 감안하여 나는 내가 가진 단 두
점의 홍매석 중 단연 훌륭한 것을 선뜻 건네는 배려를 아끼지 않았다.

그뿐인가. 앵커리지 산, 주부봉이 얌전한 호수석 한 점과, 아내가 '심봤다!' 를 외
쳐대며 뻘 밭 속에서 파낸 영흥도 산 단층 주름석 한 점도 슬그머니 내줬다가 한

자나 빠져나온 아내의 입술을 바라보며 사흘 밤을 굶기도(?) 했다.

그러나 상대가 여러 환자를 접하는 면역성 강한 내과의사여서인지 아직은 약발이 잘 먹혀들지 않고 있다.

하긴 그가 지금까지 일관되게 즐기고 있는 취미생활, 즉 야밤에 난에 물 주기나 골프의 구멍 찾아 넣기는 말초적 생식본능과 일맥상통하는 바 없지 않다.

허나, 돌에서도 그 정도의 은근한 재미는 쉽게 찾을 수 있다.

수석인 모두가 이구동성으로 처녀 젖가슴의 감촉임을 공증하는 애무석과, 전시장에서도 가끔 볼 수 있는 쳐다보기조차 민망스런 여음석이 수석의 한 장르로 버젓이 공인되어 있다.

매사에 발군의 능력을 발휘하곤 하는 C 군이 어느새 싱글 골퍼임을 자랑하는 이즈음에는 보다 고단위 처방이 필요하게 됐다.

최종적으로 늘 가까이 두고 보아도 언제나 신묘하게만 느껴지곤 하는 내가 가진 여음석 한 점을 넌지시 건네 볼까 한다.

허구헌날 반복되는 똑같은 대화도 그때마다 새롭던 그와의 취담(醉談)이 못내 그리워지는 저녁 한때다.

강아지 왈츠

전혀 생각지도 않았던 뜻밖의 장소에서 좋은 돌을 만나게 된다면 행운이란 말밖에 달리 표현할 방법이 없겠다.

언제부터인가 거리에 흔히 굴러다니는 돌조차도 내 눈엔 예사로 보이질 않는다.

엉뚱한 짓인 줄 뻔히 알면서도 공사장에 쌓아놓은 골재 자갈 무더기나, 남의 화단에 장식된 돌까지도 그냥 지나치질 못하고 한번쯤 기웃거려 보게 된다.

그럴 땐 약간의 도둑놈 심보도 섞여 있기 마련이다.

지나치는 곳곳마다 살펴볼 수 있는 돌이 그곳에 있다는 사실만으로도, 나는 항상 가슴이 설렌다.

중증의 돌 중독 증세다.

그날 따라 알래스카 앵커리지의 날씨는 하루종일 비가 추적거렸다.

천혜의 돌밭을 지척에 두고도 나서지 못하고 비 그치기만 기다리다 저녁때가 다 되고 말았다.

우의를 입고서라도 잠시 다녀올 걸 하는 후회가 들 무렵, 함께 묵던 동료들이 인근 한인 노래방으로 나를 유인해 갔다.

마지못해 따라 나서긴 했지만 좀체 신이 나질 않았다.

그러나 그런 대로 아쉬움을 달래야 했다.

"가로등이 졸고 있는……." 하는 노랫말을 따라 목청을 가다듬다 문득 창 밖을 봤다.

이제 막 비가 그친 바깥은 어스름 속으로 사위가 묻혀 들고 있었다.

거리엔 초저녁잠에서 깨어난 아이들처럼 가로등이 하나 둘 불을 밝히기 시작했다.
노래방 이웃 건물의 담장 위의 외등도 불을 켰다.
그리고 그 불빛 아래 가지런히 세워 둔 돌, 돌, 돌…….
그 중 아직 젖어 있는 아담한 검은 원석 하나가 내 눈길을 잡았다. 언뜻 그 속에
새겨진 하얀 문양이 눈을 찔렀다.
노래를 부르다 말고 마이크를 팽개친 나는 문밖으로 뛰쳐나갔다.
놀란 눈으로 일제히 쳐다보는 일행을 아랑곳하지 않고 나는 한달음에 달려가 누가
뺏기라도 하는 양 그 돌을 냉큼 집어 들었다.
불빛 가까이서 찬찬히 살펴보았다.
까만 눈을 가진 긴 꼬리의 복슬강아지 한 마리가 중천에 높이 뜬 달을 향해 깡충
뛰어오르며 춤을 추고 있었다.
손으로 다시 한 번 쓸어보았다.
잘 수마된 모양 속에 도독한 양각 문양이 그렇게 매끄러울 수가 없었다. 문양의
구도 또한 일품이었다.
그건 분명 수석이었다.
어느 돌밭에서 이만한 문양석을 쉽게 탐석해 낼까? 이거야말로 의외의 장소에서
전혀 뜻밖의 행운이랄 수밖에 없지 않은가?
노래방으로 다시 돌아온 나는 영문을 몰라 하는 일행들 앞에 그 돌을, 아니 수석
을 자랑스레 내밀어 보였다.
모두들 기가 막힌다는 표정으로 어이없어 하는 가운데 나는 돌을 한껏 치켜들고
돌 속의 강아지처럼 껑충껑충 뛰어오르며 그런 곡명이 있는지 없는지조차 모른 채
선곡 담당에게 외쳤다.
다음 곡 —

"강아지 왈츠!"

원 년 의 변 元年의 辯

중국 당대의 이름난 화가이자 시인이었던 왕유는 남종화의 개조이다.

근세에 들어 화첩을 통해 혼자 그림을 익히고 있던 소치가 초의 선사의 천거에 의해 중국에서 수학하고 돌아온 추사를 사사함으로써 우리나라 남종화의 대가가 된다.

대를 이은 미산과 그 아들 남농, 그리고 그의 사촌인 의재가 그 맥을 이었다.

의재가 일본 유학을 통해 전통 남종화의 맥을 이을 때 남농은 당시로서는 파격적인 변혁을 꾀한다. 남종화의 지극히 관념적인 화풍 대신 남도의 야트막하고 온화한 실경 산수화를 그리기 시작했다.

하늘을 찌를 듯한 산봉우리나, 앉아서 산의 뒷면까지 관조하는 전통 남종화의 관념적 사고방식에 순치되거나 전도되어 있던 전통 화파에게 이는 실경의 소묘에 불과하며 유치한 화풍이라는 비난까지 감수해야 했다.

그러나 남농은 변혁에 성공했다.

이제 그의 영향으로 실경 산수화는 전통 산수화로 자리를 굳혔다.

우리가 매양 바라보고 살아가는 주변의 실경이란 그만큼 큰 공감대를 형성한다.

금강산 만물상이 내 고향 뒷산만큼 친근할 수 없듯이 간혹 보게 되는 변화무쌍한 험산은 어쩌다 한번쯤 만나게 되는 단절된 기억일 뿐이다.

높낮이가 고만고만한 야산들이 평온하게 이어지는 산자락에 저녁 연기 피어오르는 마을이 있는 풍경이 우리 민족의 평상심이었던 것이다.

오늘날 멀리 남녘에서 강하게 불어오고 있는 해석 바람이 때론 서양화의 '마티스'
나 '피카소'의 변신에 비견되기도 한다.

나는 이 시점에서 그 동안 전통 화파처럼 지나치게 관념적인 전통에 순치되거나
다양한 변화로 눈을 현혹하는 상업적인 돌들에 전도되어 있지나 않았는지 스스로
반추해 볼 여지가 있다고 여겨진다.

새 천년, 초하루…….

나는 접시 속의 태풍 같은 나만의 작은 변혁을 꾀하려고 한다.

내 수석생활의 원년으로 돌아가 이제부터라도 나의 심성에 걸맞은 개성 있는 수석
관을 정립해야겠다.

그것이 비록 몽돌이요, 유치하다는 비난거리가 될 망정 언제 보아도 편안한 작고
아담한 고향 뒷산 같은 돌이면 족하다.

수석감은 유한하고 한 번 고갈되면 그만이다.

그러나 내가 바라는 고만한 돌은 아직 곳곳에서 가끔 만날 수 있다는 게 무엇보다
다행할 따름이다.

"예술은 표절 아니면 혁명, 둘 중 하나"라고 고갱은 간파했었다.

돌 도둑

얼마 전 대구에서 개최된 수석대전을 참관하고 돌아오는 길에 평소 마련하고 싶었던 운두 낮은 수반을 구하기 위해 인근 구미시의 J 씨 수석원에 들렀다.

J 씨는 내가 지난 여름휴가 기간을 이용해 수료한 운천수석교실의 선배일 뿐 아니라 일제 수반을 능가하는 낮은 운두와 색상을 가진 국산 수반을 주문 생산하여 공급하고 있기도 하다.

항상 낙천적이고 인심 후한 J 씨 내외가 우리 일행을 반갑게 맞아주었으나 그날따라 웬지 모르게 수심에 가득 차 있는 듯했다.

사연이 있었다.

지난 추석명절 때, 며칠 간 수석원을 비운 사이에 돌 도둑이 들었다고 했다.

트럭을 동원해서 진열되어 있던 수백 점의 청송산 꽃돌과 함께 가공기계까지도 덤으로 실어간 수법으로 보아 수석에 상당한 조예가 있는 자의 소행으로 짐작된다고 했다.

J 씨는 점차 희귀해지고 있는 청송꽃돌의 입수과정도 과정이려니와, 오래 손때 묻히며 소장해 온 애장석까지 잃은 상실감에 일이 손에 잡히지 않을 만큼 크게 상심하고 있었다.

우선 경찰에 신고하고 여러 곳에 수소문도 해둔 터이긴 하지만 도둑이 훔쳐 간 꽃돌을 원형 그대로 유통시킬 리 만무하고 보면 찾을 길이 막연하다며 허탈한 웃음을 지어 보였다.

· 석명 : 소국(小菊)
· 산지 : 청송
· 규격 : 28×43×11

그러나 한두 사람의 힘으로는 해결이 불가능해 보이는 이런 경우에도 전국의 우리 수석인 모두는 한번쯤 관심을 가져 보아야 할 당위성이 있다고 여겨진다.
청송꽃돌의 원석이야말로 자연이 빚어낸 우리나라만의 천혜의 예술품이다.
돌이 가진 순수성과 그 돌을 애완하고 관조하는 고결한 정신 사이에 도둑의 음험한 범의, 즉 마성이 끼여든다는 자체가 꺼림칙함을 넘어 불길하기까지 하다.

따라서 소장가가 꽃돌을 입수할 때는 그 유통 경로를 꼼꼼히 챙겨볼 일이다.

특히, 이로 인해 자칫 피해를 입게 될지도 모르는 전문 유통점 또한 출처가 의심 가는 꽃돌에 대해서는 즉시 신고하고 통보하여 적극 대처함이 있어야 한다.

언젠가 어느 월간지에서 "금국화석을 훔쳐 간 양상군자 귀하"라는 애절한 글을 읽어 본 기억이 난다.

이처럼 한번 도둑의 의도가 제대로 먹혀든다면 연이어 이어질 돌 도둑 소동 속에 그것이 행여 남의 일이 아닐 수도 있을 것이며, 전체 수석계에 미칠 악영향 역시 만만치 않을 것 같다.

이유는 불문코,

오래 전부터 내가 꼭 하나 갖고 싶어하던 청송산 황국석 한 점은 이번의 돌 도둑 소동이 풀리지 않는 한, 꽤 오랜 시일이 지나도록 쉽게 가지려 하지 않을 것 같다.

어두컴컴한 어느 창고 한 구석에서 몽땅 털어 온 가공 기계로 꽃돌을 이리저리 함부로 쪼개면서,

"나는 야, 꿈을 꾸는 꽃돌 파는 도둑님……."

하고 흥얼거리고 있을 그 음흉한 도둑 심보가 고스란히 배어 있을 꽃돌을 나와 내 아이들이 사랑스레 쓰다듬고 바라보고 있을 장면을 한번 상상해 보라.

온몸에 소름 돋을 일 아닌가?

석별

기어이 참았던 눈물을 보이고 말았다.

받는 이도 따라서 숙연해지고 만다.

고명딸 시집 보내는 날처럼 극적인 이 장면은 사실은 돌 한 점을 주고받는 자리였다.

사단은 이랬다.

수석회 회원 한 명이 부친상을 입었다.

당연히 수석회에서는 문상을 해야 할 입장이었지만 총무를 보내야 할 여비가 문제였다.

2박 3일은 족히 걸릴 먼 길이다.

더구나 조직된 지 얼마 되지 않는 수석회의 재정 상태 또한 여의치 않았다. 숙의를 해 보았지만 별 뾰족한 해결책이 없었다.

십시일반 추렴하는 방법도 있겠지만, 그 때 L 씨는 선뜻 작심했다.

내가 가진 수석 한 점을 흔쾌히 희사하기로 ―.

회원 한 명이 그 돌을 사 주기로 결정을 보고 적지 않은 문상 경비는 이로써 해결이 되었다.

그러나 그 회원이 갖길 원하는 수석이 문제였다.

그 돌은 L 씨가 집무실 책상 위에 늘 가까이 두고 하루에도 몇 번씩 문질러주며 애지중지해 온 잘 수마된 규격품 오석에 봉우리가 연이은 호수석으로 밑자리 또한 일품인 명석이었다.

더구나 그 돌은 수십 길 바닷가 절벽을 타며 그때 칡넝쿨이 손에 잡히지 않았다면 자칫 목숨을 잃을 뻔 해가며 탐석해 온 애틋한 사연이 있는 돌이었다.

그러나 정작 그 돌을 찍은 상대방도 평소 워낙 사랑해 온 바를 알고 난 터이라 선뜻 가져갈 엄두를 내지 못하고 차일피일 하고 있는 처지가 되고 말았다.

원래 꼿꼿한 성품의 L 씨다.

이미 결정 난 일이다 여겨 몇 번씩 전화로 가져갈 것을 종용하던 L 씨는 급기야 손수 돌을 들고 그 회원을 찾아갔다.

그리고 미련을 떨쳐버리듯 분연히 돌을 건네고 돌아서는 순간, 그만 자신도 모르게 눈물을 보이고 만 것이다.

석인들 사이에 풋풋한 석정이 고스란히 살아 있던 그 시절, 두고두고 곱씹어 볼 만한 선배 수석인들의 모습이 그러했었다.

세월은 흘렀다.

그러나 오래 전부터 그 사연을 고스란히 들어 알고 있는 L 고문님의 과년한 고명 따님이 이제 머지 않아 시집을 가게 될 터이다.

그 따님이 서운해 하지 않을 만큼은 미리 준비해 두셔야 할 게 따로 있으실 텐데……

벌써부터 은근히 염려스러워지는 것은 나만의 부질없는 기우이려나?

하긴 연예인들은 눈물대신 안약을 사용한다는 말이 있긴 하던데…….

연생귀자도 連生貴子圖

본시 읽는 그림이었던 동양화에서 생기 넘치는 연꽃 그림, 즉 생연(生蓮)은 당대
(唐代) 이후 오복(五福) 중의 하나였던 다자(多子)를 기원하는 뜻을 가졌다.
거꾸로 읽어 아이를 줄줄이 연생(連生)하라는 의미이다.
중천에 높이 뜬 보름달 또한 옛 여인네들이 밤새워 그 음기를 마심으로써 귀자(貴
子)를 잉태하려는 염원을 담고 있다.
이 둘을 한 폭에 그리면 연생귀자도(連生貴子圖)가 된다.

몇 달 만에 다시 찾은 타슈겐트의 돌밭은 초겨울을 맞아 을씨년스럽기
그지없었다.
여름 내내 골재를 실어 나르던 차량들도 없었고 소에게 풀 먹이던 아이들도 보이
지 않았다. 그러나 그곳은 나에게는 지난 한 해 갖가지 수석을 선물한 더 없이 친
근한 돌밭일 뿐이었다.
오후 늦게 도착한 탓에 그날은 그동안 번번이 지나쳤던 다리 아래 가까운 돌밭을
한번 살펴볼 참이었다.
그리 넓지 않은 돌밭이었지만 얼마 지나지 않아 높이 20cm 정도의 아담한 장방형
에 선명한 달이 떠 있는 월석(月石) 하나를 만났다.
달이 너무 높이 떴나 하면서도 진흙 속에 묻혀 있던 아랫부분을 흐르는 물에 씻어
보았다. 점점이 드러나는 둥근 무늬들……

싱그럽게 떠 있는 연잎 사이로 서너 송이 하얀 연꽃이 수줍게 봉오리를 터뜨리고
있었다.
그것은 놀랍게도 아름다운 채색 문인화였다.
월하(月下)의 연밭.
이것이야말로 더할 나위 없는 연생귀자도(連生貴子圖)가 아니고 무엇이랴.
나는 더 이상 탐석할 생각조차 잊고 하염없이 냇가에 앉아 그 오묘한 자연의 예술
품에 심취해 있었다. 정신을 차려보니 어느새 짧은 겨울 해가 저물고 있었다.
며칠 후를 기약하며 서둘러 배낭을 챙겨 메고 둑 위로 올라서서 몇 걸음을 옮겼을
때 전혀 뜻밖의 상황이 기다리고 있었다.
인적이 없는 줄 알았던 그곳에서 두 명의 사내를 만나게 되었다.
챙이 높은 정모와 붉은 견장을 단 이곳 경찰관들이었다.
으스름한 강가에서 불쑥 나타난 수상한 사내에 대한 불심검문인 셈이었다.
내가 전혀 알아듣지도, 말할 줄도 모르는 현지어로 그곳에서 무엇을 했느냐고
물어오는 듯했다.
도무지 말이 통하질 않는다. 하는 수없이 배낭 속에서 돌을 꺼내 보여 주었다.
그들이 수석을 할 턱이 없다. 오히려 더 수상해질 수밖에……
고개를 갸웃거리며 배낭을 열어보란다.
그 속에서 항상 비상용으로 넣어 다니던 이곳 지도가 나왔다. 순간, 안색이 바뀌
면서 긴장된 표정을 짓더니 따라오라는 시늉을 했다.
꼼짝없이 다리 위의 초소로 연행되어 간 나는 그곳에서 대 여섯 명의 경찰관들에

게 집중적으로 심문을 당하는 간첩 비슷한 처지가 되고 말았다.
주민등록증과 호텔 열쇠를 보여주며 영어와 온갖 손짓 발짓으로 설명을 해댔지만
그들의 의구심을 풀어 주기엔 한계가 있었다.
쉽게 풀려 날 상황이 아닌 듯하여 몹시 난감했던 그때 초소 앞을 지나고 있는 두
젊은 여인네가 눈에 띄었다.
시장을 봐 오는 듯 물건을 이고 진 두 아낙의 모습이 어딘지 모르게 낯설지가 않
았다. "아주머니들 혹시 고려인 아닙니까?" 하고 나는 다급하게 외쳤다.
그 말을 알아들은 듯 뒤돌아 본 그녀들이 "어찌 그리하오?" 하고 걸음을
멈추었다.
나는 마치 구세주를 만난 듯했다.
나의 신분을 밝히고 그간의 사정을 설명해 주었다.
그녀들의 해명을 다 들은 경찰관들은 그제야 굳었던 안색을 풀고 차례로 다가와
악수를 청하며 무언가 당부를 하는 듯했다.
한 여인이 통역을 했다.
"위험하니 혼자서 다니지 맙소 합네다."
그리고 미소로 인사하고 총총히 돌아서는 그녀들을 향해 나는 속으로 연신 기원하
고 있었다.
아아, 아직도 우리말을 잊지 않고 사는 고마운 동포 여인들이여,
'부디 연생귀자 합소!'

오 우, 해 피! Oh, Happy!

알래스카 앵커리지 해변에서 남쪽을 바라보면 북미 최고봉인 '매킨리' 산이 멀리
서 그 위용을 자랑하고 있다.
故 고상돈 산악인이 그 꿈을 접어야 했던 곳이기도 하다.
그리고 좁은 해협 건너편엔 마치 잠자는 여인상을 빼어 닮은 '슬리핑 레이디
(sleeping lady)' 산이 길게 누워 있다.
첫눈이 올 때쯤, 산정에만 눈이 덮인 모습은 참으로 신묘하게도 산 이름과 흡사해
서 이곳의 명소로 이름나 있다.
아직 산 아래까지 눈이 내려오지 않은 이맘때까지는 발아래 펼쳐진 해변은 여전히
나의 친근한 탐석 밭이기도 하고…….
그 날도 나는 그곳의 갖가지 다양한 돌들로 배낭을 채우고 있었다.
아까부터 신기한 듯 내 뒤를 따라오던 젊은 미국인 남녀 한 쌍이 급기야 궁금증을
도저히 참을 수 없다는 듯 내게 말을 걸어 왔다.
무슨 돌을 고르며 왜 돌을 고르느냐는 물음이었다.
동서양의 문화에는 이질적인 요소가 너무나 많다.
특히 예술분야에서는 메울 수 없는 큰 간극이 있다.
예술적 감동이란 각자의 처해진 환경에 따른 문화적 약속이 전재되어야만 가능해

진다고 했다.

판소리를 듣던 이태리 성악가가 "저 사람 화났습니까?" 했다거나, 뉴욕의 개인전
에서 한국화를 사간 미국인이 그 다음날 호텔로 화가를 찾아와서 그 여백에 못 다
그린 그림을 마저 그려 달라고 했다는 일화도 있다.

'아트 스톤(Art stone)' 하면 무슨 보석류나 화려한 색채석으로만 이해하는 그들
에게 무슨 수로 수석의 오묘한 정신세계를 설명해야 할지 답변이 궁했다.

우선 나는 앞산을 가리키며 무슨 형태냐고 물어 보았다.

그들은 그것이 잠자는 여인이라고 했다.

옳거니, 그렇다면 다소는 이해가 되겠다 싶어, 형상석 몇 점을 꺼내 보여 주었다.

전혀 반응이 없다.

그렇다면 다음엔 문양석…… 그러나 내가 사람 얼굴로 보는 무늬는 '카네이션!',
내 눈엔 오리가 분명한데도 '강아지!' 했다.

그 때 한 가지 아이디어가 떠올랐다.

양의 동서를 막론하고 한 가지 공통점이 있다는데 생각이 미쳤다.

먼저 아까 탐석한 돌 한 점을 아무런 설명 없이 불쑥 내 밀었다.

두 눈을 반짝이며 잠시 살펴보던 여자 쪽이 갑자기 까르르 웃음보를 터뜨리며

호들갑스럽게 남자 뒤에 매달렸다.

그것은 우람하게 생긴 남근석이었다.

잠시 뜸을 들인 후, 이번에는 남자의 손에 다른 돌 한 점을 넌지시 얹어주었다.

과연 효과적인 교수법이었다.

남자는 배꼽을 잡았고, 너무 웃다 하마터면 그 참한 여음석을 떨어트릴 뻔했다.

그리고 한참 후, 겨우 웃음을 거둔 둘은 이구동성으로 외쳤다.

"오우 — 해피!"

무슨 설명이 더 필요하랴.

그래, 바로 그거야. 그렇게 보고, 느끼고, 행복해지려고 나는 이 바람찬 바닷가를
서성이는 거란다.

배낭을 추슬러가며 가파른 언덕을 올라 되돌아 본 해변에는 아직도 그 자리에서
오랜 입맞춤을 풀지 않고 있는 그들의 모습이 석양빛에 길게 그림자를 끌고
있었다.

나는 그들을 향해 크게 외쳤다.

"오우, 해피!"

잠자던 여인산이 빙긋 웃고 있었다.

달마상

인도의 왕자였던 달마대사가 당대의 교조로 숭앙 받을 영광을 마다하고 홑것 하나 걸친 채 온갖 고초를 무릅쓰고 동쪽으로 간 까닭은?

동방에 빛을 밝혀 뭇 중생을 구제하기 위함이었을 것이다.

그 달마대사상이 전혀 엉뚱한 일로 장안의 화제를 불러일으키며 한동안 매스컴을 탔었다.

집안에 흐르는 나쁜 수맥파를 차단하는 효과가 있다 하여 갖가지 실험을 해 보이는 장면이 TV를 통해 실제 방영되기도 했다.

상당한 과학적인 근거(?)가 있는 듯하여 마침 집에 들르신 원로 수맥연구가 한 분에게 우리 집 내부의 수맥파 탐사를 부탁드렸다.

그 결과, 하필이면 딸아이들 방 한가운데로 강한 수맥이 흐르고 있었다. 가끔 허리가 아프다는 둘째의 호소가 바로 그 때문인 것 같았다.

비싼 동판을 까는 대신 나는 한동안 배운 적이 있는 달마 한 폭을 공들여 그린 후 잘 표구하여 걸어두기로 했다.

본시 찬찬히 뜯어보면 인자하기 그지없는 성인의 모습이지만 언뜻 보면 몹시 험상 궂어 보이는 게 달마상이다.

예쁜 홍콩배우들 사진만 한방 가득 걸어두었던 딸아이들이 달마가 서쪽에서 온 까닭을 알 턱이 없다.

석명 : 청자달마(靑瓷達摩) · 산지 : 몽산포 · 규격 : 13×14×11

달마상을 걸어 둔 얼마 후, 수맥차단 효과야 눈에 보이는 것도 아니고, 아이들이
자다 깨면 웬 험상궂은 대머리 할아버지가 무서운 눈으로 흘겨보는 것 같아 견딜
수 없다며 제발 좀 치워 달라고 날마다 성화였다.
그 또한 무시 못할 상황이어서 어쩌지 못하고 망설이고 있던 중, 서해안 어디로
탐석을 다녀온 우리 수석회 총무인 L 군이 장난스레 돌 하나를 내밀었다.

“형님 좋아하는 똥구멍 돌이요!” 하고…….

언젠가 내가 여인의 풍만한 둔부를 닮은 형상석 하나를 좌대를 짜서 잘 보관해 둔 사실을 기억하는 L 군이 둔부 시리즈로 적합할 것 같아 일부러 챙겨온 것이라 했다.

돌을 받아 살펴보니 제법 묵직한 크기에 한쪽으로 부드러운 굴곡을 가진 움푹 패인 부분이 있어 과연 그럴 만도 했다.

집에 돌아와서 다시 한번 돌을 뒤적여보던 나는 한순간 흠칫 놀라며 속으로 쾌재를 부르지 않을 수 없었다.

그 날 이후…….

딸아이들 방의 달마그림 대신 향나무 연꽃 좌대 위에 곱다랗게 올라앉아 더없이 인자한 자태로 잔잔한 수맥 차단 파를 뿌려주고 있는 청잣빛 달마상이 우리 집에 온 까닭을 생각한다.

천하에 둘도 없는 성인상을 두고 불경스럽게도 ‘똥구멍 운운……’ 했던 L 총무.

“자넨 정말…….”

“대사님의 자비심에 깊이 감사해야 할 게다!”

석기 石器

나는 사람이 손을 본 "따로 돌"이여서 더욱 값진 돌 하나를 보관하고 있다.

선재도는 이제 더 이상 섬이 아니다.

최근 연륙교가 개통되었기 때문이다.

그리고 그곳은 현지인들에게조차 수석감이 없는 곳으로 알려져 있다.

그러나 그리 넓지는 않지만 가끔 오석밭을 만날 수 있는 곳이기도 하다.

우선 지리적으로 가까운 곳이어서 나는 시간적 여유가 없을 때는 가끔 그곳을 찾곤 한다.

물이 빠지면 건너다닐 수 있는 또 하나의 모세의 기적을 연출하는 선재도에 딸린 작은 섬 측도에서였다.

그날은 탐사 차 우리 수석회 회원 서넛도 함께 갔었다.

그러나 간혹 보이는 오석조차 너무 잘게 수마된 상태여서 그다지 기대할 만한 돌밭은 아니었다.

섬 뒤로 돌아갔던 회원들이 틀렸다는 표정으로 돌아 나올 때까지 나는 그곳에 질 좋은 작은 오석들이 간혹 보인다는 사실만을 위안 삼고 소품 한 점을 목표 삼아 섬 입구 근처를 미적거리고 있었다.

석명 : 석부(石斧) · 산지 : 선재도 · 규격 : 15×3×4

결국 아무런 수확 없이 일행들과 함께 돌아 나오던 길에 길쭉하고 자그마한 오석
하나가 눈에 띄어 뻘 속에서 뽑아 들었다.
우선 형태가 수석과는 거리가 먼 것 같아 별 기대감 없이 굴 껍질이 붙어 있는
부분을 쪼아보다가 나는 깜짝 놀랐다.
돌의 끝 부분에 날카로운 날이 서 있었다.
다시 한번 쓸어보니 날끝의 양쪽 부분을 정교하게 갈아낸 인공이 가해진
상태였다.
손잡이 부분만 자연석으로 한 손에 쥘 수 있는 적당한 굵기였고 굴을 따거나 조개
를 캘 수 있는 석기임이 분명했다.
신석기시대 초기 이 바닷가에 살았던 어느 솜씨 좋은 장인 하나가 꽤 오랜 시간
공들여 갈아 만든 정교한 돌도끼(石斧) 하나가 그 오랜 시공을 뛰어넘어 내 눈에
띄인 것이다.
나는 그들이 거처했을 법한 움집터를 가늠해 보았다.
파도가 들여 치지 않을 것 같은 움푹 파여 들어간 저 언덕 어디쯤에서 그들은 한
가족을 이루고 평화롭게 살았었겠지……

95

작은 섬 전체가 물이 차면 사나운 짐승들이 함부로 건너오지 못할 물속길하며,
완만하게 뻗어 있는 뻘 밭이 먹거리 공급처여서 원시인들이 살기엔 안성맞춤인
장소였을 터이다.
나는 내가 어느새 그들의 세계로 돌아가 짐승 털가죽 옷을 걸치고 긴 머리칼을 날
리며 한 손에 그 돌도끼를 들고 서서 가족들의 저녁 끼니를 마련하기 위해 물이
썰기를 기다리고 있는 환상에 빠져들어 한참을 그 자리에 우두커니 서 있었다.
일행들의 재촉소리에 제 정신을 차린 나는 그것이 초등 학교 교과서에서 본 신석
기시대 초기의 부분 마제석기라는 사실을 새삼 떠 올렸다.
수석 자체가 오랜 세월 자연이 빚어 낸 천연예술품이라면, 그 위에 거의 자연에
가까웠던 수천만 년 전 우리의 조상일 원시인들이 공들여 갈아 놓은 "따로 돌" 한
점에서 나는 인류의 숭고한 생명력의 원천인 인간의 따뜻한 숨결을 느낄 수 있었
다.
그러나 그 돌은, 가까운 날…….
꽤 오래 전 내가 한국 춘란을 찾아 헤매던 남도의 어느 야산에서 발견했던 9세기
말 고려청자 최초의 형식을 가진 해무리굽 청자대접 한 점과 함께…….
우리 아이들 모두가 함께 보고 배울 수 있는 '박물관의 전시대' 위에 있어야
마땅하다는 사실을 잘 알고 있다.

석사石士님들 망돌 시석기 始石記

에…… 오늘 이 역사적인 시조회…… 아니 시석회(始石會) 버스에 탑승하신 여러 석사(石士)님들께 먼저 심심한 감사의 말씀 올립니다.

저는 다년간 전국조사연합회(全國釣士聯合會)의 총무국장으로 재임해 오던 중 최근 돌이 돈 된다는 경제성과 그 환금성을 높이 사 본 대한민국 석사 총집합회의 총무처장으로 입각하게 된 "홍, 물, 동"입니다.

안내 말씀드리기에 앞서 특히 여성 석사님들의 인기를 한 몸에 받으시고 여러분이 흠모해 마지않는 우리 수석계의 대부이시자 '인터내셔널 아트 스톤 헤드', 즉 국제 예술돌 우두머리이신 전국총집합회장님의 인사말씀이 있겠습니다. 다 같이 환영의 박수……!

에 또……, 친애하는 전국의 석사 여러분. 오늘 이 자리에 선 본인은 전국 이백만 여러 석사들께서도 주지하다시피 지난 20여 성상을 본 총집합회를 맡아오면서 돌꾼, 돌꾼하던 우리 수석인의 호칭을 돌 석(石)자 선비 사(士)자, 다시 말해 돌선비님의 반열로 한층 격상시키는 등, 우리 석사계의 발전과 범세계적 위상제고를 위해 부단히 노력해 온 바 있습니다.

그러나 오늘날, 일부 몰지각한 인사들의 획책에 의해 우리 석사계가 분열을 거듭한 끝에 이제 총원이 버스 한 대분 밖에 남지 않은 작금의 이 현실을 참으로 유감스럽게 여기는 바입니다.

수석이란 본시 자연이 빚은 지고의 예술품으로써, 인간 세계의 부와 명예와는 무관한, 즉 무심 무욕의 경지에서만 그 경영이 가능한 실로 고상하고 고결한 취미생활의 극치인 것입니다.

그러함에도 불구하고 나 아니면 안 된다는 과거 정치독재자들의 전철을 우리 수석인들이 답습해서야 쓰겠습니까…… 여러분!

모름지기 본인은 나의 이 소박한 이상을 우리 석사계에 뿌리박기 위한 노력의 일환으로 설사 나 혼자만 이 자리에 남게 되는 한이 있더라도 앞으로 종신토록 총회장직을 고수해가며 신명을 다 바칠 것을 다짐합니다. — 여러분!

이것으로 간단한 인사말씀에 갈음하겠습니다. 오늘 전국에서 운집해 주신 석사 여러분께 다시 한번 감사 드립니다. 이상!

석사님 여러분, 우리 석사계를 위해 노심초사하시는 우리의 KS 마크 총집합회장님의 원대한 포부에 대한 격려의 박수 — 우!

짝 짝 짝 짝!

다음 순서로 오늘의 공지사항을 말씀드리겠습니다. 여러분들께서 가장 궁금해하시는 오늘의 탐석지는 바로 망돌 산지로 유명한 용궁뜰 돌밭입니다. 오후 한 시 정각부터 계측, 아니 심사가 시작될 예정이오니 착오 없으시기 바라오며 특히 현지의 동글동글하고 반질반질한 망돌 이외에는 집에서 미리 준비해온 돌로 간주되오며 경석류나 수반석 등은 물론 심사대상에서 제외되오니 이점 양지하시기 바랍니다.

현지에서 바로 수석을 양도하실 의향이 있으신 석사님께서는 시상식 직후 저에게 말씀해 주시면 소정의 공식 수수료를 공제한 총 집합회 공인가격에 거래를 성립시

켜 드리겠습니다.

특히 한 가지 주의할 사항은 탐석 중에 만약 현지 단속인이 뜰 경우 제가 세 번 길게 호각을 불어드릴 테니 석사님들께서는 얼른 그 자리에 돌을 내려놓으시고 뒷짐을 진 후 먼 산을 바라보시거나, 준비해 오신 낚싯대로 바로 낚시꾼으로 위장하시거나, 미처 낚싯대 준비를 못하신 분은 즉시 물 속으로 들어가셔서 올갱이 채취인으로 위장하는 기민함을 보여주셔야만 지난 자연보호 행사시와 같은 불상사가 발생치 않을 것입니다.

아직 참가비를 내시지 않은 분은 제가 지나갈 때 목걸이 기념품과 교환해 주시고, 기념품 전문수집 석사님께는 개당 만 원씩에 추가 제공도 가능하겠습니다.

끝으로 오늘 이 행사를 위해 찬조금품을 협찬해 주신 스폰서 님과 각 시도 지회장님을 한 분도 빠짐없이 차례로 소개해 올리겠습니다.

소개되신 석사님들은 잠시 그 자리에서 일어나셔서 우리 총회장님처럼 두 손을 높이 들어 환호에 답해 주시기 바랍니다. 우리 석사계의 오랜 전통을 위해 다소 지루하거나 시장하시더라도 인내심을 발휘해 주시기 바랍니다.

먼저 최근 재임 중에 단위회장 제명 소동과 공금횡령 등의 구설수에도 불구하고 총회장님의 각별한 배려에 의해 지회장으로 당당히 선임되신 행운아! I 시 지회장님과 여성 부회장님께서 소주 한 박스 실어주셨습니다. 혹시 두 분 부부이십니까? 네에…… 저는 또 두 분 서로 자주 애무를 즐기시기에…… 아니면 아닌 데로…… 어쨌든 박수……!

다음, 지난 총회장 선거를 대비해 급조된 전국 미망인 대의원 일동께서 총회장님 용쓰시란 당부와 함께 까마귀 고기 엑기스 한 통을 전달하셨습니다.

일동 — 박수…… 우! …… 이제 좀 오금 그만 꼬시고 일어서세요. 숫제 우시네 울어…….

꿈은 꿈이로되 참 생시 같은 개꿈도 다 있다 싶다.

포 도 석

우리 수석회 막내인 K 군이 휴가를 틈타 먼 완도까지 탐석 여행을 다녀온 후의 일
이다. 완도의 둥근 구석(球石)은 전국적으로 그 선호도가 높다. 그 점을 익히 아는
K 군은 이미 소문난 돌밭을 피해 사람이 드나들기 힘든 절벽 아래 한적한 곳을 찾
았다가 그곳의 뻘 속에 묻혀 있던 기막힌 돌 하나를 발견했노라고 했다.
상태를 물어보니, 약 두 자가 넘는 입석으로 석회석 사이사이에 잘 수마된 크고
작은 까만 자갈돌들이 촘촘히 박혀 있어 영락없는 포도송이를 닮았다고 했다.
직접 보진 못했지만, 말로만 들어도 예사 돌이 아님을 짐작할 수 있었다.
한 일주일쯤 민물에 담가 염분을 뺀 후 튀어나온 포도송이 돌을 잘 손질하고 왁스
라도 먹인다면 대단한 명석이 될 거라고 미리 보고 온 L 총무가 거들었다.
입문한 지 얼마 되지 않은 K 군이지만 평소 돌보는 눈이 남다른 데다 무엇보다 힘
이 장사여서 두세 명이 겨우 들 수 있는 돌을 지고도 험한 절벽 타는 것을 두려워
하지 않는 그였기에 그런 행운이 가능했을 것이었다.
돈이 다소 들더라도 좌대는 남한강 목계 쪽 전문가에게 맡겨야 제격이며 올 가을
연합전시회 때는 그 돌로 인해 새로운 화제가 만발하리라는 예견도 있었다.
또 다른 회원은 청송 꽃돌이나 국보석, 또는 고성석처럼 특이한 돌은 그 일대에
석맥이 묻혀 있어 그 근처 어딘가에서 틀림없이 또 다른 포도석이 산출될 것이라
했다.
그 말에 나도 전적으로 공감했다.
그렇게 특이한 돌은 일정한 산지가 있기 마련이며 제2, 제3의 포도석이 연이어 발

견된다면 K 군은 수석 대가의 한 조건인 스스로 개척한 수석산지 한 곳을 가지게
되는 셈이다. 아니 우리나라 최초의 포도석 산지 발견자로 수석사에 길이 기록될
영광을 입게 될지도 모른다.

내일 당장 다녀오자며 전화로 동행인을 모집하는 성급한 회원이 있는가 하면 지도
를 꺼내 놓고 위치를 알려 달라고 조르는 회원도 있었지만 막상 열쇠를 쥐고 있는
당사자는 의외로 시큰둥한 반응이었다.

"근처를 다 찾아 봤는데도·더는 없대요." 하곤 그로부터 며칠 간은 수석회 사무실
에도 나타나지 않았다.

이는 분명 K 군이 그 포도석 산지를 독점하겠다는 속셈인 것으로 여겼다.

그러나 정확한 위치를 모르고서는 그 먼길을 나서 보았자 헛걸음치기가 십상인 터
에 우리는 K 군의 마음이 돌아서길 기다려 보는 수밖에 다른 도리가 없었다.

한동안 행방불명이던 K 군이 수석회 사무실에 다시 나타난 날, 잠시 뜸을 들인 후
슬금슬금 눈치를 봐 가며 L 총무가 물었다.

"그 포도석, 좌대 안 짤 거야?"

묵묵부답이다.

L 총무가 단도직입적으로 다시 물었다.

"언제 같이 갈래?"

"에이…… 그거 포도석 아니야!"

이건 무슨 소린가!

의심스런 눈초리로 다시 물었다.

"그걸 어떻게 알아?"

겸연쩍은 K 군의 대답,

"에이구, 그 속에 철근 들었어야!"

그건 한 바탕, 썩은 포도밭 시멘트 지주 소동이었다.

불인견지처석 不忍見之處石

조선조의 백호 임제(白湖 林悌) 선생이 평양으로 벼슬살이 가던 길에 개성의 황진
이 무덤 앞에 술상을 차려놓고,
"청초(靑草) 우거진 골에 자는다 누웠는다
홍안은 어디 두고 백골만 누웠는다.
잔 잡아 권할 이 없으니 그를 설워하노라"
하고 시 한 수를 읊었다가 이를 안 조정에 의해 선비의 체통을 잃었다 하여 임지
에 당도하기도 전에 파직되고 만다.
그 길로 주유 천하에 나선 백호는 당시 재색겸비로 유명했던 평양의 명기 한우(寒
雨)를 찾는다.
한우(寒雨)는 우리말로 '찬 비'를 뜻한다.
"북천(北天)이 맑다커늘 우장 없이 나섰다가
산에는 눈이 오고 들에는 비가 오네
오늘은 '찬 비(寒雨)'를 맞았으니 얼어 잘까 하노라"
하고 넌지시 한우의 심중을 떠보았다.
이에
"어이 얼어자리 무삼일 얼어자리
비단침 비취금을 어디 두고 어이 얼어자리
오늘은 '찬 비' 맞았으니 녹아잘까 하노라"

하는 한우의 화답을 얻어
낸다.
한우 또한 당대의 기
개 있는 선비요, 시재
가 뛰어난 풍류객이었
던 백호의 명성을 익히
알고있던 터였다.
기색(氣色)이나 계색
(戒色)이 선비집단의
큰 덕목으로 여겨졌
던 숨막히는 유교사
회의 틀 속에서도
이처럼 풍류는 살아
있었다.
돌 한 점을 찾아 산천
을 주유하고, 매양 문
질러 애석하는 마음이
란 바로 풍류와 떼어놓
을 수 없는 불가분의 관
계를 가졌다고 여겨진
다.

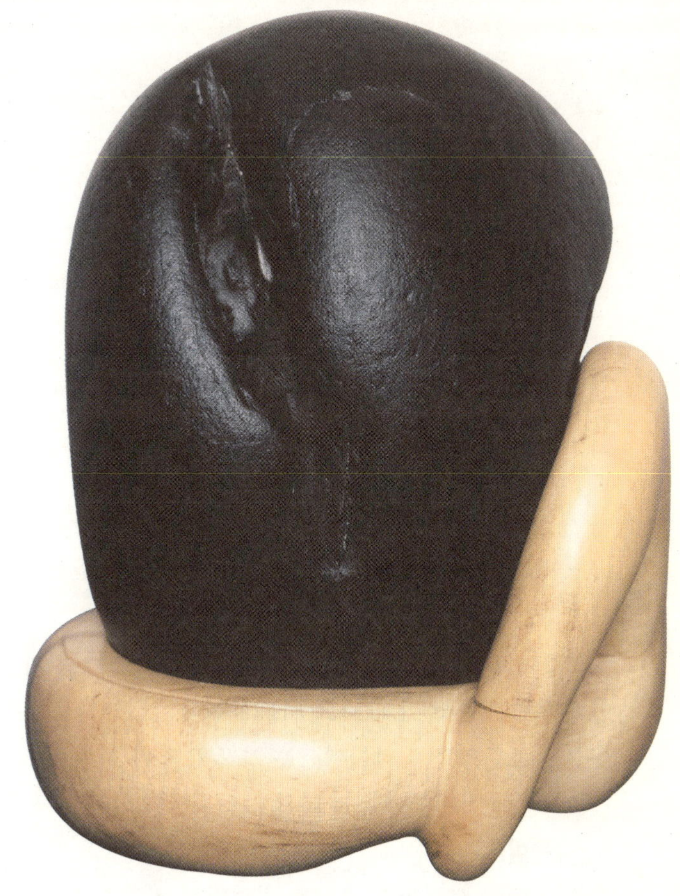

· 석명 : 현빈지문(玄牝之門)
· 산지 : 앵커리지
· 규격 : 11×17×11

그러나 우리의 혈관 속에 맥맥
히 이어져 내려오는 선비사회의 고아한 정신세계 또한 수석생활의 근간을 이루고
있음도 사실이다.
이에 그 용어의 선택 또한 신중을 기해야 마땅하리라.

이젠 수석의 여러 장르 중, 문양석이나 형상석의 한 분야로 버젓이 대접받고 있는 양석과 음석, 즉 남근석과 여음석의 명칭이나 그것이 등장하는 글의 내용이 항시 논란과 질책의 대상이 되곤 한다.

북한식 우리말 용어에 '몸가락', '몸틈새'란 말도 있고 조선의 명유 중에 "나에게 살 송곳 있으니 뚫어볼까 하노라" 하고 읊은 시구도 있지만 어째 그 은유법이 오히려 더 외설스러워지고 만다.

이에 궁여지책으로 상대적으로 거부감이 덜한 남근석은 제쳐두고 여음석에 대해서만…….

근엄한 표현에 이골이 났던 조선조의 표현방법을 빌어본다면, 사실을 바탕으로 하는 사건 조서를 기록할 때도 국부니 음부니 하는 직설법을 차마 쓰지 못하고 지방 어느 선비의 제안에 따라 불인견지처(不忍見之處)라 적고 있음을 본다.

직역하면 "차마 못 볼 곳"이 된다.

수석용어로는 불인견지처석(不忍見之處石), 즉 "차마 못 볼 곳 돌"이 될 터이다.

언행일치 또한 선비의 주요 덕목이었다.

꼿꼿한 조선조 선비님들께서는 그래서 차마 보지 않고 사셨을지 모르지만, 오감(五感)을 총동원함이 일상화된 현대 수석인들에게도 그 적용이 가능할지는 참으로 의문이 아닐 수 없다.

차라리 백호 선생처럼 품위를 잃었다는 질책과 함께 도중하차한 후, 볼 것 다 봐가면서 나른히 녹아 자겠다는 수석인이 속출하지 않을까 염려스러워지는 건 그 역시 나만의 부질 없는 기우이려나?

우선 나부터 도무지 자신이 없어 하는 소리다.

깨돌 보살상菩薩像

여름 장마 끝의 월악산 계곡으로 수석점 K 사장과 함께 탐석행 중 들린 목계 식당 내부에는 잘 양석된 크고 훌륭한 갖가지 형태의 초코석들이 즐비했다.

내겐 소품 한 점 없는 그 귀한 초코석들의 위용 앞에 꽤나 주눅이 드는 듯했다.

밥상을 차릴 동안 잠시 자동차 바퀴를 살피던 차에 식당마당에 깔린 작은 자갈돌 속에서 까만 촌석 하나를 찾아들었다.

어느 책에서 한 손안에 드는 돌은 '깨돌' 이라 한다고 했다.

형태를 살펴보니 그 책에서 본 보살상 사진과 닮은 듯했다.

목계산 오석 보살상이라면 그것이 비록 깨돌이라도 그리 쉽게 여길 일이 아니다.

일단 수돗가의 물로 깨끗이 닦아서 손수건에 싼 후 윗주머니에 고이 간직했다. 만약 신통성 있는 돌보살상이 틀림없다면 오늘 탐석행에서 뜻밖의 명석 한 점을 점지해 줄지도 모른다는 기대감조차 일었다.

찾아간 목적지의 계곡 마다엔 그 새, 밀짚모자에 긴 갈고리를 꼰아든 수많은 탐석인들이 이 잡듯 강바닥을 헤집고 있는 중이어서 나 같은 애송이 탐석꾼은 어림도 없어 보였다.

그러나 뒤늦게 기념석 삼아 챙긴 주먹만한 돌 하나가 제대로 된 초코석이라는 K 사장의 판정에 그런 대로 만족해야만 했다.

이로써 그 보살상의 신통성은 그 정도에 그치는 듯했다.

그러나 그게 아니었다.

신통성은 전혀 엉뚱하게, 그리고 신묘하게 나타났다.

며칠 후 좌대를 맞춘 그 초코석을 찾으러 수석점에 갔을 때 석장 속에 넣어 두었다던 그 돌이 감쪽같이 사라지고 없었다.

당황한 K 사장이 어— 어— 하다가 엉겁결에 그 옆에 놓여 있던 단층 초코석 한 점을 냉큼 꺼내더니 신문지로 돌돌 말아 내 가방 속에 쑥 집어넣어 주었다.

내 돌에 비해 크기도 서너 배요, 그 경(景) 또한 비교가 되지 않는 일품석이다.

그 후 과정이야 어찌됐건 —.

그 신통성에 놀란 나는 목계 깨돌 보살상을 우리 집 석장 맨 위칸에 잘 모셔놓고 가끔 경이로운 눈으로 경배하곤 한다.

그러나 그 신통성을 익히 아는 내가, 자칫 복부인들이 아파트 로얄 층을 당첨시켜 달라고 간곡히 기도하는 식의 왜곡된 기복 행태 쪽으로 전도될 염려 또한 없지 않음을 자각하고, 극히 절제된 기원에만 국한키로 작심하고 실천에 옮기고 있다.

다만, 그 형태가 사찰의 보살상들처럼 명확하지 않은 돌 보살상이다.

딱히 어느 보살로 섬겨야 할지 갈피를 잡지 못한 나는 탐석날 아침, 그 앞에 서서 지혜로운 문수보살님.

이치의 상징 보현보살님.

아미타불을 모시는 대세지보살님.

해와 달의 상징, 일광, 월광보살님.

극락으로 인도하시는 지장보살님.

하고 죽— 읊고 난 다음, 끝으로

"이번 길에 부디 명석 한 점만 — 보살 중의 보살이신 자비로우신 관세음보살……"

한 후 총총 나서곤 한다.

백로석 白鷺石

아내가 사랑스러우면 처갓집 말뚝에 대고 절을 한다던가?

뒤늦게 장가든 C 군이 처가쪽 취미생활에 보조를 맞춘다며 낚시행을 제의해 왔다.

그간 상시 싱글 골퍼임을 자랑해오며 나의 거듭된 종용을 온갖 핑계로 피해오기만 한 C 군이다.

장인어른과의 낚시 동행에 앞서 창피하지 않을 만큼의 기본기를 익히겠다는 다분히 속보이는 속셈임이 분명했다.

아무리 만혼임을 감안해준다 해도 꽤나 느끼한 차안의 분위기를 참아내며 부부동반으로 찾아간 낚시터는 평소 나와 연이 깊은 한적한 전방 지역의 G 저수지였다.

사실 그곳은 내가 수석에 본격적으로 입문하게 된 결정적 동기를 부여해 준 곳이기도 하다.

꽤 오래 전 우리 일가족 모두가 이곳으로 봄나들이 왔을 때였다.

내가 낚시를 하고 있는 동안 어머니는 언제나처럼 산나물을 찾아 산에 올랐다가 뜻밖에 산삼 한 뿌리를 심 보아오셨다.

산삼은 대체로 산자 수명한 명산에만 있는 법이며 나는 곳에서만 또 난다.

언감생심, 생산삼을 씹어 본 나와, 그 효험을 직접 체험(?)한 아내는 그 이듬해를

기다릴 수밖에 없었고, 이듬해 역시 어머니는 그 근처에서 산삼 두 뿌리를 심 보
셨다.
그 날만은 우리 내외도 낚시를 팽개치고 종일 촉각을 곤두세워 살펴보았지만 산삼
그림자도 발견하지 못했다.
그것은 유독 한평생 산나물에만 정성을 쏟으신 어머니에게만 내려주신 산신령님
의 제한된 배려였던 것이다.
'심 봤다'를 외치기는커녕 오히려 말소리조차 한껏 잦아드는 어머니의 희열을 소
중히 공감하며 하산하던 길에, 나는 생각지도 않았던 돌 한 점을 발견했다.
변화 무쌍한 깊은 계곡 사이로 하얀 석영질의 폭포가 굉음을 울리며 낙하하는 듯
한 제법 묵직한 크기의 입석이었다.
나는 그 돌을 세워놓고 어머니대신 산이 떠나갈 듯 '심 봤다!'를 외쳐 댔었다.
그러나 사실 수석에 관한 기본 상식조차 갖추지 못했던 나는 귀가 후 일단 전문가
에게 그 돌을 감정키로 했다.
부풀었던 기대완 달리 수석의 3대 요소 중 색감이 너무 떨어지므로 이끼와 풍란이
나 붙이라는 수석가게 주인의 매정한 판정이었다.
형, 질, 색이라…….
그래서 나는 그 날로 수석 책을 사서 보게 되었다.

산삼 나는 명산을 건너 바라보며 우리는 어둡기 전에 서둘러 낚싯대를 펼치고 텐
트를 치기 시작했다.
일기예보에도 없었던 빗방울이 조금씩 듣기 시작하더니 저녁준비도 시작하기 전
에 기어이 굵은 장대비로 변했다.
순식간에 주위는 물바다로 변했다. 우선 과자 몇 봉지로 허기를 메워야 했다. 그
새 날은 저물고 비포장 험한 길에 근처에는 인가조차 없는 오지다.
급기야 하나뿐인 텐트조차 불어난 물에 섬처럼 떠올랐고, 쫓겨간 좁은 차 안 역시

질식을 우려해서 차창조차 닫을 수 없는 난감한 상황 속에서, 나의 사전 준비 소홀이 이구동성으로 성토되는 지경에 이르렀다.

이 일대는 매년 상습 수해지역이다. 때로는 인근 군부대의 포탄과 지뢰마저 대량 유실되는 경우가 있다고 들었다. 귀갓길 걱정까지 겹쳐 끙끙 앓는 여인네들 곁에서 풋잠조차 허용되지 않는 밤을 하얗게 새웠다.

나는 날이 조금 밝아오는 듯하자 희뿌연한 어둠 속으로 서둘러 낚싯대를 챙기러 호숫가로 나섰다.

밤새 그토록 기승을 부리던 폭우는 어느새 안개비로 바뀌고 있었다.

호수의 수면이 보이지 않을 만큼 자욱한 물안개 속에 낮게 내려앉았던 구름들도 차츰 제자리를 찾아 오르고 있었다.

건너편 구름 사이로 신기루처럼 드러나고 있는 짙푸른 산정들…….

계곡마다엔 전에 없던 크고 작은 폭포들이 마치 나의 석부작용 폭포석에서처럼 굉음을 울리며 직하하고 있었다.

내 눈길이 닿는 곳마다 장엄한 한 폭의 동양화가 거대한 화폭에 파노라마처럼 전개되고 있었다.

그 속에 선 나는 이미 후줄근히 비에 젖은 초라한 몰골의 낚시꾼이 아니었다.

나는 이 산 속에서 자라는 산삼만 주로 먹고사는 흰 수염이 향기로운 신선의 모습으로 홀연히 서 있었다.

바로 그때,

건너 바위절벽 위에서 훌쩍 뛰어오른 한 마리 백로가 포물선을 그리며 계곡 속을 미끄러지듯 날아 내려왔다.

오 — 오! 저 새가 마침내 나를 태우러 오고 있구나!

나는 옛 신선 항주의 임화정(林和靖)처럼 저 새를 기꺼이 내 아내로 삼으리라!

어서 가까이 오라 —.

…….

……

그때다.

여봇!

귀청을 찢는 날카로운 목소리에 깜짝 놀라 돌아보니 그네들의 성화에 못 이겨 재촉하러 나선 현실 속 아내가 넋을 잃고 서 있는 나를 한심스런 눈길로 흘겨보고 서 있었다.

그날 우리는 다행히 무사히 귀가했고, 그해 여름이 다 가기 전에 나는 남한강 골재 채취선에서 또 한번 그 날을 상기하게 되는 경이로움을 맛보았다.
아담한 오석에 깊은 계곡 사이로 한 마리 백로가, 아니 선계 속의 아내가 마치 그 날처럼 미끄러지듯 날고 있는 경(景)과 문양이 절묘하게 조합된 돌 한 점을 건져 들었기 때문이다.
나는 그 돌을 마주 대할 때마다 그 날의 신선경에 자신도 모르게 깊이 빠져들어 곧잘 현실감을 잃어버리곤 한다. 그리곤 아무리 꿀단지 같은 새색시를 하룻밤쯤 고생시킨 게 내 탓이긴 하지만, 그로부터 한 해가 다 지난 오늘날까지 다시 한번 낚시 가자는 제의조차 없는 C 군을 속 깊이 성토하며 속상해 한다.
"제 마누라만 귀한감?"
"그때 조금만 더 놔둬 보질 않구……"

장육석 藏六石

사찰에 들어서는 태도를 보아서 어느 당파에 속하는가 알아볼 수 있고 아녀자들의
복색마저도 달리했다는 조선조의 극심한 당쟁의 와중에 걸핏하면 꼬투리가 잡혀
무고한 선비들이 아깝게 목숨을 잃곤 했다.
끊임없는 사화(士禍)에 염증을 느끼거나 화를 입은 가문에서는 장육표(藏六標)란
거북이 등껍질 그림을 집 기둥에 붙여놓고 부동보신(不動保身)의 장육처세(藏六
處世)에 들어갔다.
장육이란, 위험을 느낀 거북이처럼 네 발과 머리, 꼬리 등 여섯 부분을 등껍질 속
에 감추고 살아 있음에도 죽은 듯 움츠려 살겠다는 현실정치에 대한 무언의 저항
이었던 것이다.
과거에 응시하지 않음은 물론, 드러내어 학식을 자랑하지 않으며 술과 낚시 등의
잡기로 소일하며 때로는 해가 져도 강가를 떠나지 않고 시를 읊으며 눈물을 흘리
곤 했다.
평생토록 글을 읽어 가슴하나 가득한 경륜을 펼쳐 볼 기회를 스스로 포기하도록
강요하는 현실을 한탄하는 비분의 눈물이었을 것이다.

연산조의 이모 선비는 친구가 가진 장육이란 아호가 몹시 탐이 나서 수차 애걸 끝
에 좋은 술 한 병과 맞바꾸어 쓰게 되었다.
이 장육거사가 폭주(暴主)에게 직언으로 간하다 멀리 변방으로 귀양가던 길에 그

석명 : 장육(藏六) · 산지 : 영흥도 · 규격 : 22×7×20

애달픈 심정을 시로 썼다가 도로 잡혀와 장육이란 아호를 미워한 연산에 의해 미처 움츠리지 못한 여섯 부분을 하나씩 잘려가며 처절하게 죽어갔다고 한다.
이는 아호만큼 철저한 장육을 실천하지 못한 장육거사의 탓도 있으려니와, 그러나 그 기개를 높이 산 후세인들은 그 가문을 거북집이라 하여 대대로 존경의 념으로 우러렀으며 이를 따르는 사람 또한 여럿이었다.
그 후 각 고을의 새 수령은 부임하자마자 제일 먼저 그 지방의 거북집을 찾아 정

112

중한 예를 갖추는 관습이 정착되기도 했다.

이 즈음의 우리나라 수석계를 살펴보건대 그 파쟁의 양상이 가히 연산조와 비견될 만하다.
사분 오열되어 가는 수석계의 앞날이 불 보듯 뻔한데도 수석계의 어른이신 이 나라 원로들께서는 "네, 이 노—옴!" 하는 불호령대신 무슨 돌 기원(棋院)이란 곳에 모여 돌 바둑 판세에만 몰입하는 장육처세에 드신 듯하다.
이에 나도 거북집을 칭하며 내가 가진 귀갑석 셋을 몽땅 현관 입구에 내어놓고, 오래 묵힌 낚싯대나 챙겨볼까 하다가도 행여 그 소문을 듣고 육방 관속을 거느리고 나의 누옥에 들이닥칠 이 지방 수령을 맞을 일이 난감하여…… 그마저 여의치 못하다.

광개토태왕비 廣開土太王碑

거의 직사각형에 각진 돌 한 점.

별 특징 없는 이 돌 한 점이 나를 사로잡는다. 수석경력이 꽤 오래인 만큼 그 소장석도 만만치 않은 L 총무네 아파트 베란다에서 괄시받던 돌 중 하나다.

시야가 탁 트인 대평원을 연상케 하는 영흥도 오석 어딘가에 작은 콩알 봉(峯)이라도 하나 얹혔나 하고 뒤적이다가 나는 속으로 "어이쿠" 했다. 실물 사진으로 익혀둔 어느 석비(石碑)와 진배없다.

그러나 L 총무 앞에서 쉽사리 발설해선 안 되는 이유가 있다. 언젠가 남한강 탐석 중에 L 총무가 한참 뒤적이며 "뭐가 안 나오네"를 연발하던 돌에 선명한 글자 한 자가 새겨진 걸 발견하곤 "그럼 나 줄래?" 했었다. "그러쇼" 하고 건네주자마자 내가 "이게 바로 계집 녀(女)자다!" 했더니 냉큼 도로 뺏어간 경우가 있다. 그러나 애 써 지고 와서는 덜렁 주기도 잘하는 L 총무임을 나는 잘 알고 있다.

내색을 않고 조금 더 만지작거리고 있노라니 "그거 좋음 형님 가지셔!" 하는 소리에 두말 없이 얼른 챙겨들고 나온 돌이다. 그리고 이젠 우리 집 전시대 위에서 1,600여 년 전 고구려 옛 땅 집안(集安)에 처음 세워질 때 그때 그 모습으로 우뚝 선 광개토태왕비가 바로 그것이다. 물론 일본 스파이 사카와가 변조한 흔적도 있을 리 없다. 옆에 나란히 세워둔 실물 사진과 비교해 단 한군데 어색한 곳이 없다.

동아시아의 강국이었던 고구려의 태왕이 붕어한 지 2년 후인 서기 414년에 처음 세워졌다가 고구려가 멸망한 후 1,100년이 지난 1880년에 한 촌로에 의해 땅속

에 묻혀 잊혀졌던 태왕비가 기
적적으로 다시 발견되었던 높이
6.39m의 장대한 세계 최대의
석비. 마치 한 권의 책을 읽는
듯한 1,775자의 방대한 내용은
기년식(紀年式)에 연(燕), 부
여, 신라, 백제, 일본 등 동아시
아 국가 전체의 역사적 사실(史
實)을 연구하는데 없어서는 안
될 귀중한 기록이다.

그러나 나는 무엇보다 이 장대
웅혼한 태왕비 앞에 서서 대륙
을 거침없이 말달리던 옛 조상
들의 상무정신(常武情神)과, 거
대한 자연석을 다듬어 세우던
기상을 읽으려 한다. 혹자는 그
것이 지나친 비약이요, 나 홀로
취향에서 비롯된 아집이라 탓할
지 몰라도, 나는 이 돌을 나만의
영원한 수석기념비로 길이 보전
할까 한다.

L 총무 자네도, 이쯤 되면 이제
냉큼 뺏어 가진 못하겠지……?

석명 : 광개토태왕비 · 산지 : 영흥도 · 규격 : 6×20×3.5

진달래석

밤새 입질 한 번 받아보지 못하고 날이 샜다.

봄날이라지만 강원도 산간지방의 저수지 물과 새벽 공기는 한겨울이나 진배없었다.

이럴 때 언 몸을 녹이려면 얼큰한 매운탕 한 그릇이 제격이지만 함께 간 셋 모두 물고기 한 마리 구경도 못한 터에 인근 수십 리 내에는 인가 하나 보이지 않아 나 물거리조차 구할 수 없었다.

맹물에 고추장 몇 술만 풀고 끓이면서 우리는 서로 한심스레 마주보며 웃을 수밖에 없었다.

너무 차고 맑은 물에는 물고기조차 꼬이지 않는다는 사실을 그때 처음 알았다.

날이 완전히 밝아오자 어젯밤 늦은 막차를 타고 도착할 때 미처 보지 못했던 지형지물이 하나 둘씩 눈에 들어오기 시작했다.

텐트를 친 모래밭 주변의 풀 포기들은 잡풀 하나 섞이지 않은 연한 봄 냉이 밭이요, 개울의 돌을 뒤집으면 가재가 뒷걸음치고 있었다. 가재를 듬뿍 넣은 냉이 매운탕으로 밤새 언 몸을 녹이며 둘러본 앞산에는 봄을 앞질러 달려와 피어 있는 연분홍빛 진달래가 온 산을 물들이고 있었다.

지금도 어제 일처럼 느껴지는 30여 년 전 그날 아침의 풍경과 냉잇국은 그래서 나의 평생 별미로 굳어졌었다.

석명 : 설중일지화(雪中一枝花) · 산지 : 풍도 · 규격 : 10×15×6

인천 앞바다의 작은 섬 풍도가 이름 그대로 바람을 타고 있다. 이른바 진달래석
바람이다. 멀리 남녘의 해석인들의 심미안이 그 바람의 핵이다.
지금까지 대부분의 문양석들이 먹의 농담에 따른 수묵화 계열이었다면 풍도의 진
달래석은 맑은 옥빛 하늘을 배경으로 이제 막 봄빛이 내린 녹색 봄 동산에 연분홍

빛 진달래꽃이 점점이 피어나는 전문 채색화 계열이라 할 만하다.

얼마 전 A 시 연합전시회에 나온 삼국지 초입의 도원의 결의를 치를 만한 복숭아 꽃 나무숲 또한 이곳이 산지였었다.

기존의 산수경에 하늘과 구름, 바람이 추가된 삼라만상이 표출되는 해석의 세계다.

모처럼 부산의 해석인들과 함께 풍도를 찾았을 때 지난 여름의 잦은 태풍 때문이었던지 지난번 탐석시에 보이지 않던 진달래석이 가끔 보이기 시작했다.

변화무쌍한 해신의 조화가 아닐 수 없다.

해석의 기준에 알맞은 모양에 이제 막 피어오르는 진달래석 한 점을 찾아 들고 부산의 K 선생께 평가를 부탁했더니 그는 말 대신에 혀를 빼물고 고개를 절레절레 흔들어(?) 주었다.

좋다는 건지 버리라는 건지 분간 할 수는 없었지만 이제 나는 그 작은 돌 속에 펼쳐진 봄 동산 아래 저수지가 모래밭에 텐트를 치고 밤새 낚싯대를 걸어둔 후 냉잇국을 끓여먹던 그 시절을 반추하게 될 것이다.

그럼 남녘 양반들 돌보러 온 게 분명한데도 능청스레 낚싯대 걸어두고 무언가 끓이는 척하는 것도 그 때문인가?

달맞이꽃 月見草

만남은 소중한 것. 모든 것은 만남을 통해 얻고 잃으며, 얻으면 풍요롭고 잃으면 잃은 만큼 성숙해지려니 한다.

부산 해석인 K 씨 일행과 처음 만난 날은 초면과 다름없음에도 불구하고 밤이 짧았다. 만남, 그 자체가 서로 소중했던지 석담은 오히려 후일로 미루어졌다.

이튿날, 인천 석인이며 선주이기도 한 Y 씨는 흔쾌히 자신의 예인선 한 척을 내어 주었고 우리는 함께 풍도를 다녀왔다.

늦은 저녁식사를 위해 인천의 명물 '세숫대야 냉면' 골목을 찾았을 때, 재개발을 위해 허물어 놓은 철로변 구식 건물들의 을씨년스런 잔해 사이, 짙푸른 초가을 저녁 하늘을 배경으로 참한 눈썹달이 걸려 있었다.

함께 올려다보고 있던 일행 중 누군가가 말했다.

"아 — 아, 저런 돌 한 점 했으면……."

한 사람이 그 말을 받았다.

"워매 — 그게 월석 중 제일 귀한 거라오."

그들은 세숫대야 크기만한 싸구려 피난민 냉면 대접을 세상에서 제일 큰 대접이였노라고 우기며 돌아갔었다.

며칠 후 가까운 선재도를 찾았던 나는 그곳에서 생각지도 않았던 그믐달 문양석 한 점을 찾아들었다.

아담한 모양(母樣)에 서쪽으로 기우는 손톱달 문양이 새겨졌고 한편으로는 달맞

이꽃 한 송이가 마치 솜씨 좋은 화가가 방금 내려친 듯 그려진 문인화였다.
그러나 달맞이꽃은 의외로 달을 외면하고 고개를 숙이고 있었다.
좌대를 맡기면서도 그 점이 내내 마음에 걸렸다.
뒤이어 부산에서 들려온 소식……

120

그 날의 일행 중 한 분인 어모 씨가 뇌졸중으로 응급실에 실려갔다는 뜻밖의 비보
였다.
아 — 아, 그랬었구나.
달맞이꽃은 돌아서서 울고 있었던 것이다.
달맞이꽃처럼 나도 먼 곳에서 쾌유를 빌고 빌 따름이다.

제 **3** 부

그걸 뭣에 쓰요!

"기왓장 닮은 돌, 그걸 뭣에 쓰요!"
정곡을 찌르는 그 말 한 마디에 나는 마치 뒤통수를 얻어맞은 듯했다.
명석 산지라는 소문만 들어왔던 영흥도에 연이 닿는 현지인의 안내로 찾아간 날,
감시인의 눈길을 피해 외진 곳으로 슬금슬금 숨어들면서 그 안내자조차 염려를 앞
세웠다.
"걸리면 입건에다 기백만 원 벌금 물린데요."
그러나 당시의 나는 그런 소리조차 귓가로 흘려버릴 만큼 막무가내였다
다만 물때를 맞출 줄도 모르고 뻘 속의 돌을 파볼 만한 꼬챙이 하나 갖추지 못한
채 해수욕객을 가장한 허술한 차림으로는 애당초 탐석이 될 리 만무했다.
이미 오래 전, 이곳이 탐석 금지지역으로 묶이기 이전까지 숱한 눈길 아래 살펴지
고 뒤져졌을 위 표면을 하릴없이 어슬렁거려서야 수확이 있을 리 없다.
더구나 현지인 몇 명이 특이한 돌은 모두 찾아내어 인천 등 대도시로 공급해 오고
있다는 뒷소문도 있는 터이다.
뱃시간이 거의 가까워 올 무렵에야 다소 별난 느낌이 드는 돌 한 점을 수건 속에
싸들고 나올 수 있었다.
기왓장을 차곡차곡 쌓아올린 듯한 형태와 기묘하게 비틀린 주름이 타지에서 못 보
던 돌인 듯하여 바로 단골 수석가게로 들고 갔다.

석명 : 적공(積功) · 산지 : 영흥도 · 규격 : 14×17×15

그 말은 그때 수석가게 주인으로부터 들은 단도직입적인 힐난이었다.

나는 그동안 나름대로 많은 수석 책을 읽어왔다고 여겼다.

때론 이 도시의 큰 책방에 있는 수석관계 단행본은 한꺼번에 모두 사서 읽기도 했다.

수석 월간지도 눈에 띄는 대로 탐독했으며, 가능한 한 많은 석보도 구해다 보았다.

그러나 그쯤에서 문득 자신의 한계를 깨닫고 화들짝 놀라게 해준 말 한마디였다.

나는 비로소 책만으로는 넘을 수 없는 고개가 수석생활의 요소요소에 도사리고 있음을 알아차리고 바로 그 길로 수소문하여 수석회의 회원으로 등록했다.

여러 회원들과 어울리며 나는 그들을 통해 많은 것을 느끼고 배웠다.

때로는 너무나 개성적인 각자의 선호도나 고집스런 안목에 따른 수석관의 혼란도 없지 않았지만 그들과의 잦은 교류는 참으로 감로수 같은 자양분이었다.

가족들의 성화에도 불구하고 여름휴가 동안 국내 유일하다는 수석교실에 참가하는 고집도 부려봤다.

그 과정 내내 나의 뇌리에는 그 말 한 마디가 떠나지 않았다.

단골 수석가게에서 좌대조차 외면당한 측은한 기왓장 돌, 그러나 나는 그 돌의 진정한 의미에 대한 미련을 떨치지 못하고 꽤 오랫동안 보관해 오던 중, 최근에야

비로소 그 돌의 가치를 수석의 범주에 올려놓으며 맞춤한 좌대를 공들여 짜주는
한 수석인을 만났다.

그는 말했다.
수석으로선 별 뜻이 없는 기왓장일지 모르나 자연의 손으로 차곡차곡 쌓아올렸음
은 이제 곧 그 쓰임새가 준비되었음의 암시요, 그 쌓아올린 솜씨 또한 기발하다고
했다.
그리고 아무도 가지지 않은 이런 돌 한 점은 자신만의 것으로 보존할 만한 충분한
명분을 지녔다고 덧붙였다.
좌대에 올려진 그 돌을 꼼꼼히 살펴본 원로 수석인 한 분도 대단히 깊은 뜻을 지
닌 고수석이 될 수 있다고 흔쾌히 인정해 주셨다.
그 쌓아올림 자체가 적공(積功)일 수 있다고도 했다.
그러나 그 돌이 나에게는 언제나 한 장씩 쌓인 과정마다 새로운 깨달음으로 다가
오게 될 것이다.

때마다, 입에 쓴 약처럼—
"그걸 뭣에 쓰요!" 하는 질책과 함께…….

오, 지읏!

처음엔 나도 그게 무슨 소린지 얼른 알아듣지 못했다.

독일, 프랑크푸르트까지 함께 간 외국인 동료가 내지른 소리였기 때문이다.

처음 함께 한 친구여서 인사차 서로의 취미생활까지 거론케 되었고 나는 수석이
취미라고 했더니 그도 의외로 관심을 보이면서 자신의 주변에도 자연석을 즐기는
이가 있다고 했다.

우리나라에 온 지 3년여 동안 이태원 등지를 자주 드나들며 한국어 배우기에 열을
올려 이제 웬만한 일상용어는 영어를 사용하지 않아도 알아듣는 수준이다.

옆에서 누가 담배를 피우면 "오우, 너쿠리 잡네요"라고 할 줄도 안다.

식성도 한국인에게 맞추려 애썼는지 마늘이랑 풋고추를 보란듯이 우걱우걱 먹어
치우는 조금은 특이한 친구다.

그 날도 함께 공항 가는 셔틀버스를 기다리다가 호텔 건물 주변에 깔아놓은 주먹
만한 자갈돌들이 우리네 해석(海石)처럼 잘 수마된 듯하여 행여나 해서 잠시 살펴

보던 참이었다.

내가 자갈돌을 유심히 살펴보자 그 친구도 호기심을 보이며 간혹 무늬가 있는 돌 한두 개를 들고 와서 내게 보여주곤 했다.

내가 조금 길쭉한 형태에 흰 테를 두른 딱히 고만한(?) 크기의 돌 하나를 찾아내어 손아귀에 끼우고 눈 높이에서 지그시 바라보고 있을 때 조금 떨어진 곳에 서 있던 그 친구가 느닷없이 내지른 외마디 소리.

"오우, 지옷!"

말뜻을 알아채곤 한참을 배꼽을 잡고 웃다가 생각해 보니 외국인의 눈에도 그리 보였다면 이건 영락없이 남근석임이 입증된 셈이지만, 고추니 잠지니 하는 하고많은 한국어 표현 중에 하필이면 어찌 그리 가르쳤는지…….

누군지 몰라도 참 '지옷' 같은 국어 선생도 다 있다 싶었다.

이사 가는 날

사람 사서 이사하소, 형님!

몇 해 전 바로 옆집으로 이사할 때 도와주러 왔던 고향의 막내 동생이 또 이사한
다는 내 전화를 받자마자 제일 먼저 한 말이다.

"얌마! 그러지 않아도 포장이사 예약해뒀다!"고는 했지만 은근히 염려스러운 바
는 어쩔 수 없었다.

아니나 다를까?

이사하는 날 미리 일손도 덜 겸 파손을 막기 위해 일일이 종이로 싸서 잘 포장해
둔 돌 상자 몇 개를 옮기던 인부들의 안색이 조금씩 변해 가더니 돌짐 반도 옮기
기 전에 일손을 털고 일어서기 시작했다.

돌 때문에 하는 수없이 아파트 1층으로 이사한다며 연로하신 어머니가 나서고, 아
내가 갖은 아양을 다 떨어 그나마 일은 다시 시작되었지만 얼마 지나지 않아 건장
한 일꾼 넷 모두가 가쁜 숨을 몰아 쉬며 벌러덩 드러눕고 말았다.

도리 없이 추가 비용을 제시하고 계약에도 없던 푸짐한 점심식사를 제공하는 등
부산을 떨었지만 자신들은 지쳐서 더 이상 어쩔 수 없다고 했다.

엄살이 아닐 줄 뻔히 아는 나는 급히 인원을 추가 보충하고 다시 이사 비용을 흥정하는 사이, 모든 허물이 내게 집중되는 듯한 가족들의 눈총을 견디다 못해 마침 개최되는 우리 연합회전시장 오픈 — 세레모니 어쩌고 하는 핑계를 대고 이사 현장을 피해 꽁무니를 빼는 수밖에 다른 도리가 없었다.

연 사흘째 밤을 새워가며 돌짐을 풀고 앉은 나에게 몸살 끝에 일어난 어머니가 들려주신 후문이다.
"이삿짐센터 20년에 이런 이삿짐은 첨이라더라,
이제 다시 이사하긴 글렀데이……."
하긴 내가 생각하기에도 지금부터라도 새털 모으기 취미 등으로 바꾸지 않는 한,
이번이 나의 마지막 이사가 될 것 같다.

나도 지쳐서 하는 소리다.

견금여석 見金如石

고려 장상(將相) 최영 장군께서는 어버이의 뜻을 받들어 황금보기를 돌같이 하며 평생을 사신 분이다. 곧은 뜻을 굽히지 않았기에 장렬한 최후를 맞으신 후 앉은자리에 풀도 나지 않는다는 전설을 남겼으며 영원한 겨레의 스승으로 초등학교 아이들도 그 분을 칭송하는 노래를 부를 줄 안다.

그러나 20세기를 거치면서 언제부터인가 거꾸로 돌이 돈이 되는 세상이 도래했다. 올곧은 장군께서도 이 시대에 사셨다면 견금 여석(見金如石)대신 다른 용어를 찾으셔야 했을 것이다.

'내가 처음 수석취미를 가졌을 때는 돌은 돌일 뿐이다' 하는 견석여석(見石如石)의 정신으로 일관했다.

그러나 하나 둘씩 쌓여 가는 돌무더기에 가족들은 차츰 짜증을 내기 시작했고 급기야 단체농성의 기미까지 보이기도 했다. 이에 하는 수없이 댄 핑계가 견석여금(見石如金), 즉 장군님의 좌우명을 거꾸로 인용하여 "돌보기를 황금같이 하라"이었다. 나의 무마책이 효력을 발휘했음인지 한동안 잠잠하던 성화가 다시 세월이 지나면서 차츰 불신의 눈초리로 바뀌더니 이젠 그 실체를 확인해 보려는 지경에 이르렀다.

작년 전국전시회 도록에 실린 내 돌을 보고 P 시의 어느 수석인이 내가 없는 사이에 전화를 걸어왔던가 보다.

"아버지가 평소 돌을 팔기도 하느냐?"는 물음에 고등학생인 아들놈은 평소 가족

들의 바램을 잘 대변하여 "네, 가끔 팔기도 해요." 하고 답변했다고 했다. 아들놈
의 머리통을 쥐어박으면서도 나는 참으로 난감한 경우임을 직감했다. 순수한 취미
생활일 뿐이며 그 돌은 애장석일 뿐이라고 구구한 변명 끝에 일은 일단락 되긴 했
지만 그로 인해 가족들은 나의 진의를 일거에 간파했고 성화는 한층 자심해지고
말았다.

돈 된다는 말 진짜냐? 그럼 실천 해 봐라! 이게 무슨 사람 사는 집이냐? 돌집이
지! 돌에 미쳐 사람은 뒷전이다! 주말 과부 보상하라!

갖은 협박과 회유를 견디는 데는 한계가 있다. 다시 시간을 벌기 위한 고육지책
(苦肉之策)으로 최근 알게 된 P 시의 수석인 K 씨의 경우를 들려주기로 했다. K
씨 또한 나와 똑같은 경우를 먼저 겪었던 분이다. 가족들의 성화에 못 이겨 아끼
던 돌 한 점을 기십만 원에 처분한 후 아내의 손에 보란 듯이 현찰을 쥐어주었다.
이에 놀란 가족들은 그 날부터 돌에 물 뿌려 양석하는 과정까지도 K 씨 손에서 빼
앗아 갔다. 집에 들어와 보면 언제나 촉촉이 젖은 수석들이 가지런히 정리 정돈되
어 있곤 했다. K 씨는 이런 호기를 놓치지 않고 또 다른 공작을 시작했다. 평소 눈
여겨 봐둔 백두산 천지를 빼 닮은 경석 한 점을 양도받는 일이었다.

그러나…….

당시로서는 거금인 오백여만 원이 필요한 큰 사업이어서 짐짓 근심에 찬 표정으로
몸져눕는 시늉 끝에 아내의 손에서 돈을 받아 들고 속으로 쾌재를 불렀다. 백두산
연봉에 이어 앞쪽의 장군바위까지 그대로 옮겨 놓은 듯한 돌에 한창 심취해 날이

새는 줄조차 모르던 어느 날 어찌 소문을 들었던지 어떤 이가 사람을 통해 그 돌을 양도해 줄 것을 제의해 왔다. 어림없는 일이었다. K 씨는 일언지하에 거절할 요량으로 10억쯤 준다면 몰라도 그 이하론 절대 안 판다고 못을 박았다. 두 번 다시 그런 요구는 안 해 올 줄 알고 있던 며칠 후 P 시의 고급 호텔 커피숍에서 잠시 만나자는 전갈이 왔다. 전혀 내키지 않은 터에 마지못해 약속장소까지 나간 K 씨는 아연실색하지 않을 수 없었다.

호텔 입구에서 검정 양복을 입은 짧은 머리의 건장한 사내들이 90도 각도로 허리를 굽혀 깍듯이 영접하더니, 넓고 조용한 객실로 안내하여 들어가 보니, 팔뚝에 무시무시한 문신을 한, 또 한패의 사내들 여럿이 부동자세로 도열한 가운데 중절모를 비스듬히 눌러 쓴 보스가 천천히 일어나 자리를 내어 주는 게 아닌가.

여러 말이 필요 없었다.

보스는 뒤에 서 있던 부하에게 말했다.

"야! 내 통장에 얼마 들어 있지?"

"네! 현재 이억 오천 들어 있습니다, 형님!"

"그거 몽땅 빼서 이 분 드리고 돌 받아 와! 이만 실례!"

보스는 사내들의 호위를 받으며 뒤돌아보지도 않고 뒷문으로 사라져 버렸다.

그걸로서 모든 게 끝이었다.

떨리는 손으로 돌을 건네주고 돈을 받았지만 이쯤 되면 견석여금(見石如金)이라기보다는 목숨조차 오락가락하는 견석여명(見石如命)이라 할만하지 않은가.

그 이야기 끝에 나는 가족들에게 물었다.

"아빠가 소중하냐? 돈이 소중하냐?"

다행히 나는 그러구려 또 한동안 시간을 벌게 됐다.

그나저나 K 씨…….

그때 마련했다는 횟집이 잘 되는지 모르겠네…….

어 형 전 魚兄 前

이천년 대한민국 해석대전의 출품석 가운데 유난히 눈에 띄는 원산석 한 점이 있었다. 부산의 K 선생이 풍도에서 찾아내었다는 보기 드문 명석이다. 그 돌의 격에 걸맞은 사연도 깃들어 있었다.

함께 간 일행 중 다리가 불편한 어모 씨가 먼 돌밭에는 들어서지 못하고 돌밭 입구에서만 머무는 사이 K 선생 일행은 상당한 거리를 두고 탐석에만 몰두하던 중 허기를 느끼고 문득 생각해 보니 먹거리가 든 배낭을 함께 지고 왔더란다.
탐석도 여의치 않은 터에 밥이라도 제때에 챙겨야 한다는 생각에 부랴부랴 수월찮은 거리를 달려와 보니, 아뿔싸 식수통을 깜박 잊고 온 것을 어쩌랴. 하는 수없이 다시 식수를 가지려 왔던 길을 가다 보니 돌밭도 아닌, 모래사장 위에 그 명석이 마치 임자를 기다리기나 한 듯 반듯하게 연출되어 있더란 거다.
육지로 되돌아와서도 그 돌을 보자는 사람은 많고 그때마다 행여나 그 매끄러운 돌을 떨어뜨리기라도 할까 봐 마음 졸이던 터에 기어이 한번은 시멘트 바닥에 때구루루 굴리는 사태를 맞아 일행 모두가 사색이 되기도 했다고 한다.
다행히 흠집 하나 없이 회수되긴 했지만 범인(?)은 그 돌의 원인이기도 했던 어모 씨 이었다나……

그 어모 씨가 얼마 전 급환으로 응급실에 실려갔다가 심장에 구멍을 뚫는 응급조치 끝에 상당한 회복기에 접어들었다는 소식을 듣고 병실을 찾았을 때, 휠체어에 의지한 성치 않은 몸으로 횟집으로 안내하겠다며 지팡이를 찾는 소동을 벌였다.

어형, 부산의 싱싱한 회 한 접시는 이미 먹은 바 다름없으니 하루 속히 회복되는 대로 나랑 함께 풍도 탐석이나 갑시다. 돌밭 입구에 미적거리기만 하고 있으면 아침, 점심, 저녁 세 끼 모두 내가 챙기고 식수나 그밖에 잡다한 수발도 모두 나 혼자서 챙길 터이니 행여 다른 사람들은 옆에 얼씬도 못하게나 해 주시구라…… 부디!

요양소

물어 물어서 찾아간 요양소는 인가에서 멀리 떨어진 외딴 바닷가에 고즈넉이 숨어 있었다. 우리 수석회원 일행을 맞은 석우는 그 반가움을 "워매, 워매" 하는 외마디 소리로만 표현하고 있었다.

영화 속의 그림 같은 요양소만 상상하고 간 건 아니지만 산재환자 요양소는 마치 1960년대 군대 규율처럼 엄격한 통제 속에 운영되고 있다고 했다.

잠시 동안의 외출도 까다로운 절차를 거쳐야 하고 오랜 병실생활 중임에도 불구하고 어쩌다 한두 번의 외박도 합당한 사유가 있어야만 허용되며 조금만 미귀(未歸)해도 퇴소라는 벌칙이 따른다고 한다.

가족이 딸린 청장년들이 겪는 소외감이란 또 다른 병으로 발작하지 않을까 염려스러운 상태였다.

지난번 연합수석전시회에 잠시 다녀간 것도 오랜 별거생활로 인해 아내와 이혼 일
보직전의 사태를 무마해야 한다는 핑계를 대고 짬을 낸 것이라 했다.
몇 번에 걸친 큰 수술도 병실이 나는 전국의 산재병원을 전전하며 기본적인 재래
식 수술로 일관하다 보니 그 고통도 배가되고 회복기간 또한 늘어나기만 하는 듯
했다.
그러나 석우는 수년간의 긴 투병생활에도 불구하고 한번도 웃음과 자신감을 잃지
않는 대범함을 보이면서 오히려 염려하는 회원들을 격려해 주는 터이었다.
그 날 모처럼 "안 되는디……."를 연발하면서도 요양소 뒤쪽에서 몰래 마신 한 잔
술에 얼큰해진 그 석우가 정문 기둥에 기대어 서서, 떠나는 우리 일행을 외면하고
환자복 소매로 눈시울을 훔쳤다. 전에 없이……

워매…… 징헌 거! 퇴소하는 날 우리 옛날처럼 생맥주 통에 퐁당 한번 빠져 봐
유……. 워매!

어르신 욕보이기

해방 후 한때 모 일간지는 편집상의 신뢰성을 높이기 위한 고육지책의 한 방편으로 기사 중의 작은 오자, 탈자 하나라도 찾아내어 지적해 주는 독자에게는 포상을 하는 제도를 시행했었다고 한다. 이는 신문이란 사회적 공기(公器)에 대한 독자들의 신뢰도를 높이는 반면, 그 계도적 소임을 충실히 하겠다는 투철한 소명의식의 발로였다고 여겨진다.

활자를 일일이 골라 제판(製版)하던 그 시절에 비해 컴퓨터를 이용한 현재의 편집 기법과 인쇄술은 참으로 격세지감을 느끼게 할 만큼 큰 발전을 이루었다. 그만큼 책 만들기가 쉬워졌다는 뜻이기도 하다.

그러나 어찌 된 영문인지 그 시절에 비해 요즈음의 간행물에서는 편집상의 오류나 오·탈자가 훨씬 더 많이 눈에 띄는 기현상이 발생하고 있다. 수월해진 만큼 무성의해진 것인지 아니면 관계자들의 수준이 그때보다 질적으로 저하된 것인지 잘 분간이 되지 않는 현상이다.

나는 현재 우리 수석계를 이끌어가고 있는 중요한 한 축으로 단연 월간잡지와 석보 등 각종 간행물의 역할을 내세우곤 한다. 그런 의미에서 최근 시도되고 있는 인터넷을 통한 수석문화활동 또한 그 신속성과 적시성, 그리고 누구나 참여할 수

있는 직접적인 토론의 장이 마련되어 있다는 점에서 대단히 고무적인 시대적 현상
이라 여겨 반갑기 그지없다. 이는 오늘날 우리가 이루고 있는 수석계의 모습을 있
는 그대로 비춰주는 한 시대의 거울이요 기록이자, 교과서이며 나아가서는 내일의
역사이기 때문이다.

다만, 현실 속 수석인들의 총체적 수준이나 인식이 수석이 갖는 품격의 수준에 미
치지 못함인가, 폭발적으로 늘어난 수석인구만 자랑할 뿐, 그 생명줄 하나, 건강
하게 살아 숨 쉴 풍토를 마련해 주지 못한 탓에 날로 속된 길로 빠져들어 '매스컴'
다운 면모나 기질을 잃어가고 있음이 못내 안타까울 따름이다.

그러나 오늘의 이 현상 또한 후대에는 지나간 수석계의 실상으로 분명히 기록되게
될 것이다.

훗날 수석계의 '르네상스'를 구축한 후예들이…….

"당시에는 아무나 돌을 구할 수 있다는 이유로 수석한다는 이가 현격히 늘어났지
만 책 읽고 연구하는 이가 그리 많지 않고, 작은 명예 다툼을 일 삼는 이가 여럿이
여서 가히 수석계의 암흑기였다고 할 만 하다."고 기록할 법도 하다.

최근 뜻 있는 이들이 단체를 결성하고 지극히 체계적이지 못했던 지난날을 더듬고
사료를 발굴하여 그 보존에 노력하는 모습은 새로운 발판의 마련이라는 의미에서
대단히 다행한 일이라 여겨진다. 비록 이처럼 열악한 여건 하에서라도 우리 시대
의 기록이자 증언이 될만한 관련 출판물은 그 내용의 오류를 최소화하려는 배전의
노력이 마땅히 요구된다.

그러나 바램과 달리 우리 수석 월간지들의 파행은 오늘도 거듭되고 있다. 이는 그
나마 열의를 가진 이들마저 차츰 책을 외면하고 홀대하게 되는 한 원인이기도 하
다. 현실 풍토에 따른 어쩔 수 없는 상업적 편집 경향은 접어두고라도 명색이 월
간지면서 격월간지이길 예사로 삼는가 하면, 다른 한 월간지는 중등 교과서에도
실린 박목월 선생의 '나그네'란 시를 돌 옆에 꾸어다 놓고 지은이를 '조지훈'이라

적어 두었다.

그뿐인가. 전국 규모의 한 수석단체의 장이며, 그 월간지의 발행인이기도 한 이의 기념석보를 발간하면서 그 분의 소장품 중 '미산 허영(米山 許鍈)' 선생의 그림을 '미산 허준'이라 했고, '죽농 서동균(竹農 徐東均)' 선생의 대나무 그림 옆에는 '죽농 서병오'라고 새겨 놓았다.

두루 아시다시피 미산 허영 선생은 소치 허유(小痴 許維) 선생의 셋째 아들이며 우리 수석계에도 큰 발자취를 남기신 남농 허건(南農 許健) 선생의 선친이시다.

허준 선생이라니? TV 연속극을 본 아이들이 따라 웃는다.

엉뚱하게 거명되신 서병오(徐丙五) 선생 또한 나이 18세에 대원군 석파 이하응(大院君 石坡 李昰應)으로부터 석재(石齋)란 아호를 지어 받고 시(詩)·서(書)·화(畵)·금(琴)·기(碁)·박(博)·의(醫)·변(辯) 모두에 능하다 하여 팔능거사(八能居士)로 불리었던 한말 영남의 거유시다.

죽농 서동균 선생은 석재로부터 영향을 받아 서화공부에 정진하며 평생 대나무 그림만 그리겠다는 뜻으로 竹農 또는 竹儂이란 아호를 썼으며 당시의 이 대통령이 비서를 보내 그림을 요구하자 직접 오라며 단호히 거절했다는 일화를 남겼다. 특히, 말년에는 초·중년에 남발한 자신의 타작들을 대부분 찾아내어 모두 불살라 없앤 후 타계하신 분으로 이문열 소설 '금시조'의 모델이 되신 분이기도 하다.

나의 이 지적은 작은 편집상의 실수로 치부할 수 있는 하찮은 부분을 내 얕은 소견으로 침소 봉대하여 헐뜯자는 불순한 의도로도 보일 수 있겠다. 그러나 물론 잡지사가 의도적이진 않았다 하더라도 그로 인해 당대의 원로 수석인 한 분을 크게 욕보인 결과나 책을 펼칠 때마다 두고두고 책잡힐 세인들의 수군거림은 어찌 감당할 것인가?

더구나 함부로 돌을 들어 그 이름을 욕되게 한 선현들이 모두 몇 분인가 한번 곰곰이 짚어 볼 일이다.

따로돌

한여름철 수석잡지의 기획특집으로 흔히 실리는 시원한 물줄기의 폭포석 응모 전에는 어떤 연유인지 그 유명한 영양산 폭포석만은 자격미달이 된다.

이른바 조석 시비에 말려들 소지를 없애기 위해 잡지사에서 응모 자체를 원천 봉쇄한 결과다. 나는 처음에 "따로돌" 하면 T 시의 "따로 국밥"처럼 국 따로 밥 따로 식의 무슨 다른 의미 있는 용어인가 했었다.

알고 보니 일본의 "고따로"란 이가 조석임을 밝히고 출품한 돌이 나름대로 예술적 감상 가치가 있다고 인정되어 수석의 한 범주에 들게 된데 기인한 용어라 한다.

이로써 일본의 따로석은 떳떳함을 얻고 예술석의 지위도 함께 얻게 되었다 하겠다. 하지만 우리나라 남한강변 어느 마을 전체가 하루종일 돌 굴리는 소음으로 들썩거렸다지만 아직 "국산 따로 누구네 돌"이란 이름을 들어보지 못했다. 물론 "영양 따로 누구네 폭포석"이란 말도 없다.

이는 우리네 조석 예술인(?)들이 돌 속에 예술혼을 불어넣는데 실패했거나 영양가 있어 뵈는 폭포석으로 가치부여 하는데 소홀했던 탓이리라. 또는 경직된 우리 수석계 풍토 속에 만든 수고에 비해 그 대가가 턱없이 부족함이 원인일 수도 있겠다 여겨진다.

이제 그 기술과 기계가 세계화의 물결을 타고 해외 진출을 꾀했다고 한다. 남한강변 마을이 전에 없이 조용해졌다는 후문이다. 그러나 그것이 진출한 그 땅에 뿌리

내리거나 "코리언 왕따로"란 명칭 등으로 국익을 도모하는 해외용이 되지 못하고
오로지 자연석만 고집하는 이 나라 수석계와 조석인 스스로를 좀먹어 가는 현상이
탈이라면 탈이다.

따로돌이란 용어 또한 묘한 면이 없지 않다. 조석, 손본 돌, 손댄 돌 등 우리네 용
어가 여럿 있음에도 불구하고 "따로돌"이란 일본용어가 거리낌 없이 널리 쓰이고
있는 이유가 나변에 있을까?
성병을 두고 "영국은 프랑스병! 프랑스는 영국병!" 하거나……. 기침은 우리가 하
면서도 "일본독감 혹은 홍콩독감" 하듯, 조석을 무슨 몹쓸 병에 비유하는 우리 수
석인들의 숨은 의도가 따로 있을 법하다.
자연석이 모두 고갈되거나 "고따로" 씨처럼 우리나라의 어느 특출한 조석인이 나
타나는 날.
"김 아무개 선생 예술석" 하는 차원 높은 명칭으로 그 자리를 메우게 하려는 신중
한 의도는 아닌지…….

"따로돌"
알고 보니 그 속에 그리 심오한 뜻이…….

당구풍월 堂拘風月

중년부부가 낚시를 하고 있었다.
그 앞을 지나던 보트 낚시꾼 하나가 말했다.
"그 나이에 함께 다니시다니 꽤나 부럽군요."
이 쪽 남자가 아내의 눈치를 흘깃 보며 혼잣말로 중얼거렸다.
"난 떼어놓고 다니는 당신이 더 부럽소……"

내가 처음 수석회에 가입하고 보니 월례회가 부부동반이었다. 그 취지가 기발해
보였다. 자칫 가내 영토분쟁이나 주말과부 보상건 등에 휘말릴 소지를 사전에 차
단하는 효과적인 방책이라 여겼기 때문이다.
모임이 잦아지면서 차츰 남정네들끼리의 석담 속에 여인네들도 자연스레 간여하
게 되었고 어느새 미주알 고주알 비평까지 서슴지 않는 경지를 갖춘, 자가 평론가
를 양산하는 결과가 되고 말았다. 서당개 삼 년이면 음풍월이란 옛말도 있지 않은
가? 안목을 갖췄으니 탐석행에도 빠지지 않는 건 당연한 이치다. 일박이나 이박이
포함된 장거리 탐석에도 예외가 없다. 이 모두 자업자득이려니 — 남자들끼리 속
닥하게 어울려 다니는 경우를 부러운 눈으로 멀거니 바라보면서도 단호히 떼어놓

고 다니지 못하는 또 다른 이유가 있다.

원시인 조상의 거석문화 유전자를 진화과정 없이 고스란히 물려받았음인지 한 짐이나 되는 덩치 큰 돌만 찾아 메고 끙끙대다가, 마누라가 조개 캐다 코앞에서 주운 아담한 돌 앞에 번번이 판정패를 당한 후 핀잔 받기 일쑤인 Y 사장네를 보면서 고소를 흘리곤 하던 내가 요즘에 와서 차츰 그 집의 경우를 닮아가고 있다는 사실이다. 최근 이어지고 있는 몇 번의 경우가 그 예다.

황금산에서는 전복, 해삼이나 따다 건성 주운 돌에—.
호도에서는 뾰족구두 뒷굽으로 툭툭 파낸 돌에—.
주전에서는 한자리에 앉아서 몽기작 몽기작 한 돌에 모두 판정패 내지 KO 패를 당하고 만 꼴이니 나의 체면이 말씀이 아닌 셈이다. 내 딴엔 꼼수를 써 본다고 아내가 "여보 이거……." 하고 보여주면 얼른 틈을 주지 않고 내 돌 속에 섞어 넣곤 하지만 집에 와서 선별할 땐 그것도 그리 신통치 않은 방법임을 금새 깨닫게 된다. 더구나 최근에는 니 돌 내 돌 하는 식으로 차원상의 분류까지 의식하고 있는 듯한 눈치다. 내가 우겨 마련한 석장이 아담하고 앙증맞은 해석에는 어울리지 않는다며 새로운 장식장 하나 마련하겠다고 서두르는 품이 바로 그런 저의가 깔린 게 아닌가 여겨진다.
이건 어째 집안의 위계질서에도 영향을 미칠 듯하고, 당구풍월의 한계를 훨씬 넘어선 듯하여 마음이 그리 편칠 못하다.
이쯤 되면 "당신, 따라 와 봤자……." 하는 핑계는 영영 물 건너 간 셈이 된다. 저도 그럴 테지만 그나마 Y 사장이 가까이 있어서 그런 대로 조금 위안은 받고 산다지만 계속 이래도 되는 건지…….

앞서 낚시꾼의 경우처럼 분간이 잘 안 되는 상황인 것만은 틀림없는 것 같다.

태종대의 아침

올해 들어 가장 추운 날씨가 되겠다던 일기예보와는 달리 아직 어둠이 걷히지
않은 태종대 자갈마당의 새벽 바닷물은 따뜻한 온기를 지니고 있었다.
그곳에서 1년여 만에 다시 만나는 K 형은 재작년 여름 이 도시에서 열린
수석교실의 동기생이었다. 남달리 조용하고 조신한 몸가짐을 지닌 듯한 그와
술자리 한번 갖지 못하고 일정이 끝나긴 했지만, 오랫동안 여운을 남기는 눈길과
목소리 때문에 수시로 전화를 통해 안부를 나누던 사이였다.
그는 지난 수년간 수석에 몹시 심취하여 남해안 일대의 도서지방을 거의 매일
찾다시피한 열정의 기간이었노라고 전해오기도 했다.
내가 사는 인천 인근의 도서지방도 한번 다녀갔으면 했지만
나와의 일정이 맞지 않아 여태 실행하지 못하고 있다.
부산에서 개최된 해석대전 출품이 기회가 되어 오랜만에 직접 만나
그간의 회포를 풀 수 있으려니 하고 기대했었다. 그러나 나의 계획된 일정이

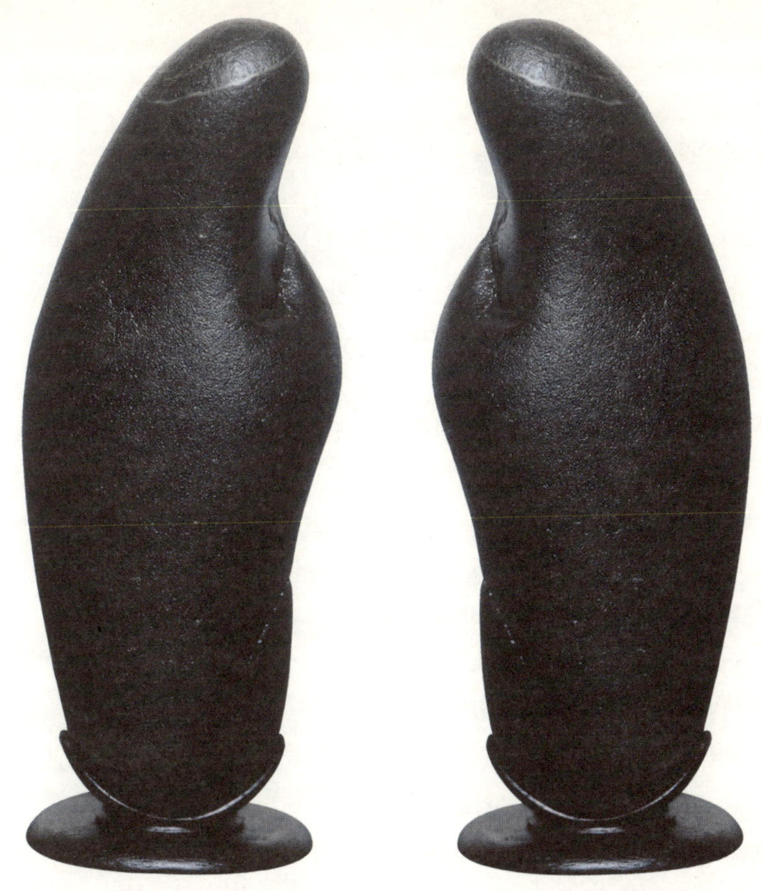

석명 : 기도(祈禱) · 산지 : 영흥도 · 규격 : 4×10×2.5

여의치 않아 다음 기회로 미루려 했지만 굳이 "식사 한 끼만이라도……"
하는 K 형의 고집 때문에 떠나는 날 새벽녘 돌밭에서의 약속이 이루어졌고
우리는 그곳에서 다시 만났다.

해석계에 유명한 태종대 돌밭이다. 기념석 하나라도 만날까 해서 악수만

나눈 후 돌밭 살피기에 빠져든 나완 달리 K 형은 그다지 열중하는 기색이
아니었다.
"기념석 하나라도 건져줄까 했더니 내 눈에는 하나도 보이지 않네" 하시며
오랜만의 만남이 돌로 인해 잠시 지체됨 조차 아쉬워하는 듯했다.
아침 햇살이 퍼질 때쯤 인근 식당으로 자리를 옮긴 후 아침식사를 하는
자리에서야 나는 찬찬히 K 형의 안색을 살필 수 있었다.
안색이 좋지 않았다. K 형은 담담한 말투로 저간의 사정을 내게 말해주었다.

몇 해전 위중한 병으로 인해 큰 수술을 받은 후, 그간 섭생을 해오다가
최근 다시 병후가 도진 듯하여 오늘 오후 예약된 서울 큰 병원으로
검진 차 상경한다고 했다. 그러나 어떤 경우라도 다시 큰 수술은 피하고
싶다고도 했다. 그런 몸으로 이 새벽 찬바람 속의 바닷가엘 무슨 정성으로……
나는 잠시 말문을 닫을 수밖에 없었다.

밤늦은 고속도로를 타고 귀가하던 길에
나는 자꾸만 침침해져 오는 눈가를 비비며 마음속으로 K 형을 향해
당부를 거듭하고 있었다.
체념이라뇨?
용기를 냅시다! K 형. 아직 갈 길이 먼데…….
현대 의술을 믿으셔야죠.
당신께서 아까 건네주신 돌 중에 붉게 타오르는 적도의 돌빛처럼 ―.
희망을 가집시다.
이번 해석대전에 나온 내 돌 보셨겠지요?
두 손 모아 간절히 기도하는 영흥도산 돌말입니다.
그 돌 난 자리 함께 가십시다. K 형!

현빈지문 玄牝之門

돌 — 선생의 도덕경 번역을 두고 마산의 갱숙 여사가 한바탕 현란한 말싸움을 걸었다.

덕분에 "노자, 노자 젊어 노자……." 정도로만 이해하고 있던 현자(賢者)의 말씀을 시종 낄낄대며 단숨에 읽긴 했지만 기실 책을 덮고 난 후엔 교훈이 될만한 구절들은 다시 먼 데로 사라지고 무슨 내용이었던가조차 아슴푸레해지고 말았다. 설사 이해했다손 치더라도 실제 나의 생활 속에 적용하기란 이미 때늦은 감이 없지 않다.
더구나 그게 신선이 되는 과정의 설명이라는데야…… 오히려 나의 속물근성만 한층 그 진가를 발휘하여 가장 논란의 대상이 되었던 딱 한 구절만 머리 속에 확연히 남아 있긴 하다.

현빈지문(玄牝之門).
돌 — 선생께서는 이를 "가물한 암컷의 아래 문"이라 번역하여 널리 공표했었다.

보나마나 그런 것을 지녔음이 분명한 갱숙 여사는 이 대목에 와서 길길이 뛰며 원색적인 비난을 마구 퍼붓고 있다. 사실 그 방면엔 완전 문외한인 내가 봐도 앞뒤 문맥과 전혀 상관없이 느닷없이 튀어나온 색스런 용어임이 자명해 보인다. 갱숙 여사는 이를 바로 극락이나 천당처럼 선계(仙界)에 드는 통문(通門)의 뜻이라 했다.

노자께서는 도덕경 어느 부분에서도 색스런 용어는 단 한 구절도 구사하지 않았다고 못박기도 했다. 지금은 다소 소강상태에 든 듯한 시시비비의 결과는 조금 더 두고 보면 과연 누가 9단이고 누가 9급의 수준인지 가려질 테지만 나의 관심은 그런 것 말고 조금 엉뚱한 곳에 있다.

돌 — 선생의 그 표현이야말로 전에 내가 찾아내었던 "차마 못 볼 곳" 즉, 불인견지처(不忍見之處)란 용어보다 여음석의 대칭으로서는 단연 한 수 위의 경지를 보여주고 있기 때문이다.

이에 나는 숨겨두었던 애장석을 꺼내 놓고 다시 한번 그 용어의 의미를 음미키로 했다. 참으로 돌 — 선생의 표현에는 경탄할 만한 점이 없지 않다. 그리고 다시 뜯어보노라면 갱숙 여사의 말대로 그곳이야말로 바로 선계로 통하는 직통문일 것 같기도 하고…….

결국 이 둘은 서로 일맥상통하고 있음을 알게 된다. 처음 그 책을 소개한 P 시의 H 선생께 전화를 걸었다. 내가 현빈지문 얘기를 꺼내자마자 H 선생은 대뜸 내게 말했다.

"아…… 그건 소호 선생 전문분야 아닙니까?"
"그게…… 그렇게 되나?"
내가 속물이란 건 천하가 다 아는 사실이란 말씀이지…….

007 호도탐석

호도석(狐島石).

봄·여름·가을·겨울을 모두 나타낼 수 있는 다양한 색감에, 연못 위에 점점이 피어나는 밤 연꽃송이인가? 솔숲 위에 소리 없이 내려앉는 함박눈송이인가? 아님, 이 밤 창문에 어른대는 달빛 젖은 나무잎새일까? 때론 낙엽 쌓인 숲 속에 스며든 가을 햇살들의 애잔한 속삭임 같기도 한, 표현키 어려운 고운 문양이 은은하게 피어나는 돌.

수석 월간지 등에서 간혹 스쳐보다가 지난 전국 해석대전시 부산 전시장에서 처음으로 실물을 대한 나는 "그래, 바로 이런 돌이야!" 하고 무릎을 쳤었다. 돌의 질감, 색감, 형상, 문양 어느 것 하나 원색적이거나 자극적이지 않다. 경지에 든 화가는 생먹을 사용하지 않는다.

산이 높고 물은 푸르며 물레방아 돌고 노란 초가지붕에 갈매기 층층이 나는, 소위 이발소 그림 같이 강렬하게 눈을 현혹하는 원색을 사용하지 않으면서도 안개 속 풍경처럼 심층에 와 닿는 은근한 명화는 쉽게 싫증을 느끼게 하지 않는다. 기름이 자르르 흐르는 듯한 속칭 "진땡이 오석"보다 은근한 묵석이 더 오래 물기를 머금고 서서히 다가오는 것과 같은 이치다.

전시장 인근의 수석점에서 마음에 드는 호도석 한 점을 발견하고 지갑 속의 신용

석명 : 낙조(落照) · 산지 : 호도 · 규격 : 13×15×3

카드를 만지작거리면서 나는 하필 이럴 때 부부 동반한 것을 몹시 후회했었다. 몇몇 수석점에 들리면서 유독 특정한 돌에만 눈길이 집중됨을 눈치 챈 아내는 내 손목을 끌어내며 "약속 잊었나 봐? 함께 가면 되잖아요!" 했다. 이건 의기투합이란 얘기다. 서둘러 일정을 잡았지만 먼저 다녀왔다는 A 시의 J 화백의 낭패 본 경험담을 듣곤 조언 구하길 참으로 잘했다고 여겼다.

현지 부녀회는 신고자에게 줄 포상금까지 마련해 두었다는 살벌한 정보다. 그러나 내 손으로 내 마음에 드는 그곳의 돌, 단 한 점만이라도 찾아내고 싶은 욕망은 쉽게 떨칠 수가 없었다. 여름 해수욕장이 개장된다지만 때는 한겨울이요, 당일치기도 불가능한 배편에 인적 드문 작은 섬에 잠입하여 소기의 목적을 달성키 위해서는 투철한 정신무장 외에도 치밀한 사전작전 계획이 필요한 듯했다.

기어이 작전은 감행되었고…….
어쨌든 무사히 생환(?)한 나는 아니, 우리는 현재 호도석 몇 점을 석장 속에 진열해 두고 그 날 그 호젓했던 겨울 해변의 밀가루 같던 백사장의 감촉과 민박집 주인 내외와의 정담을 떠올리며 흐뭇해 하고 있다.

집에 돌아온 날, 아내는 현관에서 소금물에 절은 굽 높은 정장구두를 벗어들고 내일 당장 새 구두를 사 내라고 눈을 흘겼으며, 나는 새로 산 겨울 양복 안주머니가 터져서 수선점 신세를 지긴 했지만, 내가 들고 온 007 서류가방과 아내의 기저귀 백 속에서 손수건으로 꼭꼭 싸넣은 아담한 전리품 몇 점을 꺼내면서 우리는 돌빛처럼 은근한 눈길을 나누고 있었다.

마치 미인계에 성공한 여간첩 "마타하리"와 그 애인처럼…….

석감법 石瞰法

조선조 화인(畵人)들 중 겸재 정선(謙齋 鄭敾)이나 단원 김홍도(檀園 金弘道)의 금강전도(金剛全圖)는 새처럼 높이 올라 산 전체를 비스듬히 조망하는 조감법(鳥瞰法)으로 그린 그림이다.

이는 눈에 보이는 실상만이 아닌 다분히 사의적(寫意的)이요, 관념적인 그림의 예이다. 따라서 산의 후면으로 흐르는 폭포나 계곡, 또는 절집의 모습까지도 그림 속에 나타나 있기도 하다.

여러 수석 전시장의 연출 또한 대체적으로 이런 시각에 맞춰져 있는 듯하다. 그러나 원산석 같은 경석류의 경우는 수석(壽石) 경력이 오래인 수석인(水石人)일수록 강조하는 석감법(石瞰法)이 하나 더 있다.

이른바, 부감법(俯瞰法)이라 하여 돌의 바로 위에서 내려다보아 그 뒷부분을 파악한 후 돌의 품격을 평가하는 경우다. 이로 인해 전면이 훌륭한 폭포석이 뒤로 돌아갔다 하여 그야말로 돌 아닌 것으로 폭포처럼 추락하기도 한다.

때로는 뒤집어보는 복감법(覆瞰法)으로 밑자리를 확인하는 경우와 반드시 손으로 만져보아 돌갖의 감촉과 수마상태를 파악하려 드는 촉감법(觸瞰法)을 즐기는 이도 있다.

이에, 나는 그 석감법(石瞰法)의 중요성을 감안하여 집안의 수석연출에 곧 잘 적용하곤 한다. 즉, 평원석류는 눈높이의 평감법(平瞰法)으로, 물이 고이는 호수석류는 조감법(鳥瞰法)을 염두에 두며, 성인상(聖人像) 등의 사유석계는 석장 맨 윗칸에 올려두고 매양 우러러 보는 앙감법(仰瞰法)을 취택하고 있다.
그것이 평소의 버릇으로 굳어진 탓일까. 지난 우리 수석회의 전시회를 치르면서 내방한 관람객들의 다양한 감상태도를 통해 내 나름대로의 석감법을 준용하여 보았다.

남의 돌잔치(?)에 온 이가 그저 그러하리라 감안하면서도, 처음부터 끝까지 그저 경탄만 연발하는 경감법(驚瞰法)에 대해선 다소 간지러움을 타게 되고, 드러내어 대가인 체하며 거만한 오감법(傲瞰法)으로 건성 둘러본 후 트집잡아 꾸짖으려 드는 돌감법(咄瞰法)이나 제법 쓸만한 돌은 일단 "따로" 여부를 따지면서 무조건 깎아 내리고 보려는 삭감법(削瞰法), 또는 뒤로 실실 비웃기나 하는 치감법(嗤瞰法)에 대해서는 별수 없이 벙어리 아감법(啞瞰法)으로 대충 대처하였다.

애써 먼길 찾아놓고도 끝내 한마디 충고나 칭찬에 인색한 장감법(嗇瞰法) 또한 서운한 감이 없지 않거니와, 때론 목적이 불분명한 수다스러움으로 재잘대는 남감법(喃瞰法)과 허풍만 잔뜩 든 허감법(噓瞰法)으로 상대방의 판단을 흐려 놓은 후, 남의 돌을 어찌해 보려드는 이름 여럿 가진 사술인(詐術人)까지 등장, 사감법(詐

瞰法)을 시도하는 경우까지 보았다.

이밖에도 나와 내 주변을 둘러보노라면…….
참으로 개성 있는 석감법을 가진 사람들이 여럿인 가운데 돌이 무슨 천금의 보물인 양 한 점 내어 보여주지 못하고 행여 나의 돌 산지를 누가 알아챌세라 전전긍긍하고 있는 장감법(藏瞰法)을 가진 딱한 사람이 더러 있는가 하면, 이와 달리 한마당 가득 돌을 함부로 쌓아놓고 일견 천덕꾸러기로 만들어가고 있는 적감법(積瞰法)이나, 집안의 내·외벽 모두에 돌을 붙여 도배를 한 후 화장실 벽면까지 돌칠갑을 해둔 밀감법(密瞰法), 되는 것, 안 되는 것 구분 없이 섞어 놓고 숫자만 자랑하는 혼감법(混瞰法) 등을 구사하는 석인들이야 말로 세인들로부터의 "돌 백정"이란 비아냥거림에 그리 멀리 떨어져 있지 않음이리라.
현대수석의 제일 공로자들이라는 바다 건너 왜인(倭人)들은 남의 집 돌을 감상할 때면 반드시 경건한 자세로 표정을 가다듬고 단정히 무릎을 꿇고 앉아 공손한 말솜씨로 "하이…… 하이!"를 연발하는 굴감법(屈瞰法)을 생활화했다고 한다.
오늘날의 우리네 수석감상 풍토에 비해 마땅히 취할 바 없진 않지만 그렇다고 차 한 잔 마실 때도 잔뜩 번거로운 형식을 만들어 감질나게 만들길 즐기곤 하는 그네들 전통을 굳이 선진형이라 여겨 따르는 것만이 능사는 아닐 것이다.
이에 우리네는, 좋은 돌 한 점 집안에 들인 날…….
평소 존경하던 선배 한 분, 가까운 석우 몇 명이 둘러앉아 있는 향 한 대 피워 올리며 석담을 안주 삼아 박주(薄酒) 한 잔 나누다가, 취하면 취한 대로 취감법(醉瞰法)을 즐기며 종래는 반쯤 쓰러져 바라보는 와감법(臥瞰法)인들 어찌 아취(雅趣) 없다 하리요.
그때 보이는 뒤돌아간 폭포석조차 풍악도(風岳圖) 속 비룡폭(飛龍瀑)처럼 굉음을 울리며 힘차게 위로 위로 솟구치고 있음에랴…….

문인석 文人石

동양화나 서예의 한 분야에 문인화(文人畵)라는 독보적인 영역이 있다. 전문 화가인 화원(畵員)들이 아닌, 사대부 지식인들이 글씨공부의 여기(餘技)로 그렸던 간결한 그림이 그리는 사람에 따라 보는 이를 사로잡을 수 있었고, 차츰 큰 흐름을 형성한 후, 하나의 정신예술로 승화되어진 것이다.

그들의 그림은 놀랍게도 문자향(文字香)과 서권기(書卷氣)를 품고 있었으며, 종래에는 시(詩), 서(書), 화(畵)가 한 가지법(一律)이라 하여, 삼절(三絶)사상이 널리 퍼져, 심오한 철학과 사상이 어우러진 선비정신의 표현으로 일컬어지게 되었다.

15세기의 문장가 강희맹(姜希孟) 선생은 이를 가리켜 마음의 묘리탐구(心探妙理) 즉, 마음속을 휘도는 기운의 이치를 스스로 그리는 것으로 군자의 그림이라 했다. 이러한 문인화 정신이 영향을 끼친 다른 분야 중에 분재의 문인목(文人木)이란 장르를 들 수 있겠다.

문인목 역시 본격적인 전문 분재라기보다, 간결하면서도, 마치 절벽 위의 한 그루 솔을 보는 듯한 고절함을 가졌거나, 묵은 등걸을 뚫고 나온 한 줄기 여린 가지에, 꽃 한 송이 외로운 일지매(一枝梅) 등을 표현하고 있다. 역대 사대부 서화가 중에 유난히도 문자향, 서권기의 덕목을 강조해 온 추사 김정희(秋史 金正喜) 선생의 세한도(歲寒圖)에 그려진 고졸(古拙)하기 그지없는 겨울 나무들이야말로 바로 문인목을 설명하는 가장 적절한 정경이라 하겠다.

이처럼 선비정신의 진수라 일컬어질 만한 고차원의 영역이 어찌된 영문인지 수석
예술에서만은 여태 예외였던 까닭은 왜일까? 행여 능묘 앞의 문인석이란 석물을
의식했음은 아닐 터이고…….
만약 수석에 문인화의 정신을 이입시켜본다면 문인석이란 이름으로 분류될만한
수석은 과연 어떤 부류가 될 것인가? 대체로 간결한 문인화의 유형을 원용해 본다
면 개략적(槪略的)인 원형(原型)이 떠오를 수도 있을 법하다.
그러나 이러한 외형적 형태를 거론키에 앞서, 이름 그대로 그런 품격의 돌을 찾아
내고 완상할 줄 아는 소장자의 정신세계를 간과할 수는 없으리라. 이에 나는 우리
수석계에 큰 정신적 업적을 남기신 원로 수석인이면서, 이 시대 마지막 청록파 시
인으로 칭송 받던 혜산 박두진(兮山 朴斗鎭) 선생의 예를 들어볼까 한다. 선생은
수년 전 타계하시기 전까지 20여 년을 수석생활에 심취하셨고 많은 수석시(壽石
詩)를 남기신 분이기도 하다.

수석생활 초년 한 때 ─.

아무리 수석이 좋기로서니 이렇게까지
끌려들 수 있을까 하는 회의에 빠진 적
도 있으며, 그러다가 시험하게 된 것이
바로 수석시였고, 돌 ─ 자연 ─ 시로
이어지는 일련의 체험이 가장 그 깊은
내적 근원에 일치함을 체득하였노라고
피력하신 적이 있다.
돌이 곧 시(詩)이고, 시(詩)가 곧 돌이
며, 그 결과의 성패에 관계없이 수석을
찾고 수석의 시를 시험하는 일이 매우
신나고 고무적인 일이었다고도 하셨다.

꽁꽁 얼어붙은 남한강 돌밭에서
파낸 돌 하나를 두고 선생은,

빠져들어 가게 해다오
한번만 바닥의 바닥까지 빠져들어
가게 해다오
다시는 거기서 되돌아올 수 없게
빛의 늪 한가운데 너의 안의 막바
지
… 중략 …

하고 일상을 뛰어넘는 영탄을 부
르짖을 만큼 그 대상에 몰입하고
있다.

석명 : 매죽도(梅竹圖) · 산지 : 석도 · 규격 : 6×8×4

학처럼 고아하게 사시던 대시인
(大詩人)께서 유명을 달리하셨을 때, 도하 각 매스컴이 다투어 추모 특집기사를
내 보내면서 수석에 심취했던 말년의 행적과 함께 그 유지에 따라 수백 점 애장석
모두를 한동안 봉직했던 Y 대학교에 기증한 사실도 함께 발표했었다.
그리고 어느 일간지는 기사의 말미에 다음과 같이 적고 있었다.

"수석 전문가들의 평가에 의하면 그 중 돈 되는 수석은 별로 없다는 후문이다."

이로써 우리는 문인석의 정의에 대한 정확한 해답을 바로 그 마지막 행간에서 이
미 읽어본 셈이 된다.

군무 群舞

명실공히 세계적인 대화합의 장이었던 88올림픽 개막식에서 잠실 메인 스타디움을 꽉 메운 선남선녀들의 일사불란한 군무를 바라보면서 누구나 강렬하고 뿌듯한 민족의 저력을 실감했으리라.

그러다가 문득 모든 조명이 일제히 꺼지고 잠시 후 작고 가는 한 줄기 스포트라이트의 비추임 속에 나타난—,

'굴렁쇠 소년'

순간, 세계의 눈은 그 의외성에 숨을 죽였고 또한 천진한 평화에의 메시지에 벅찬 감동으로 가슴을 설레어야 했었다.

연출 기법에 따른 시각적 효과에 따라 그만큼 감동의 일굼과 진폭이 달라짐을 새롭게 깨닫는 자리였다. 또한 그것이 잠실운동장이라는 하나의 평면공간을 이용한 연출 기법이라면 수석의 연출 또한 그 연장선상에서 수용됨도 당연하리라 여겨진다. 수석전시장 등에서 가능하면 돌과 돌 사이의 공간을 충분히 확보하려 애쓰고 특히 소품 해석전에서도 넉넉한 지판 위에 조촐하게 돌 놓음은 바로 그 굴렁쇠 소년의 효과로 시선의 집중을 의식함일 것이다.

그때문인가?

우리 집 역시 좁은 석장 안에 가능하면 한 칸마다 한 점씩만의 돌을 놓으려 애쓰고, 마루바닥에 펼쳐놓을망정, 보다 넉넉한 수반 위에 연출하려다 보니 가뜩이나 좁은 아파트 공간 속에서 예의 그 영토분쟁이 끊일 날이 없었다.

영토문제에 관해서는 한 치의 양보도 없을 것임을 수시로 쐐기 박음당하는 가운데, 요즘은 그나마 할당된 지분조차 청결성 여부에 따른 조화미와의 문제가 대두되어, 그 존립자제가 심각한 위협을 받는 지경에 이르고 말았다.

불행 중 다행으로 다소 일찍이 양적 팽창보다 질적 향상 쪽으로 구조조정을 결단한 터에 해석(海石), 그것도 주로 촌석(寸石)에 해당하는 소품 쪽으로 눈을 돌린 신속한 변신이야말로 이럴 때는 가히 선견지명이라 할만하다고 자위하곤 했다. 그러나 탐석이 거듭되면서 공간 부족을 이유로 아깝게도 그 빛을 발하지 못하고 보관함 속으로 직행하는 돌이 늘어만 가고 있었다.

그러던 중, 최근 진작부터 해석의 진가를 간파하고 심취해온 어느 수석인으로부터 상당히 기발한 연출기법 하나를 전수받게 되었다.

이는 실로 그가 최초로 착안했으며, 아직 널리 공개하기에는 때 이른 천기누설일 수 있다고 하면서도 고맙게도 숨기려 하지 않았다. 아직 그와 같은 석장은 시중에 나와 있지 않으므로 각 칸마다 바닥 층에 서너 계단의 층계를 가진 소품장을 따로 맞춘 후, 그 위에 작고 앙증맞은 비슷한 크기의 해석들을 촘촘하고 가지런하게 도열시키는, 의외로 간편한 방법이었다.

실제로 그런 빼곡한 석장의 실물을 대하면서, 처음 꽤나 답답해 보일 거라는 선입견과는 달리 그 작고 여문 소품 한 점 한 점이 상호 상승효과를 가져와, 마치 보석처럼 영롱하고 강렬한 느낌을 전해옴을 보았다.

더구나 그것은 공간 활용성에 있어 대단히 획기적이고 효율적인 방법이라 여겨졌다. 나는 망설이지 않고 몇 가지 간단한 공정을 거쳐, 나의 기존의 일반 석장 하나를 근사치로 개조한 후, 보관함 속의 소품들을 두루 골라내어 진열한 후, 보란 듯이 가족들의 품평을 요구하기에 이르렀다.

때마침 들러 그 장면을 보게 된 Y 사장 부인 왈,

"어머나, 정말 뽕 가겠네!"

우리 가족 모두가 그 말에 공감하는 듯이 함께 고개를 끄덕이고 서 있었다.

그것은 바로 더 넓은 스타디움에서 일제히 율동하고 있는 군무나 북한식 집단체조의 최대 상승 효과 즉, 증폭된 가상의 힘의 결과였다.

어느 탐석날 하루

경등산화나 운동화에 작은 배낭, 그리고 등산용 조끼를 걸친 간편한 복장들이다.
사람들은 당일치기 섬 나들이로 하루를 즐기려는 초로들의 일상적 계절모임이려
니 할 것이다. 선착장에서 뜻밖에 만났으나, 구면들인 듯 반갑게 인사를 나누는
또 다른 한패의 청년들은 비슷한 차림에 낚시가방과 아이스박스를 챙겨들고 있어,
영락없는 작은 단위의 낚시회의 주말 출조날 모습이다.

한 시간 남짓 물살을 가른, 진수한 지 얼마 되지 않은 쾌속 여객선은
역시 최근 공사가 끝난 깔끔한 선착장에 우리들을 내려주고 최종 기착지인
먼 섬 쪽으로 떠났다. 배는 오후 늦게나 돌아올 것이다.
배에서 내린 섬 주민들과 함께 걸어서 마을에 당도한 일행들은 바로
당산나무 아래 노인회관을 찾았다.
미리 연락이 닿아 있는 듯, 구면의 노인회장은 얼굴 가득 굵은 주름을 지으며
반갑게 맞아주었고, 회관 안에서 삼삼오오 모여 앉아 담소를 나누거나
화투놀이를 즐기고 있던 노인들도 반색을 하는 가운데,
따로 마련해 온 조촐한 선물꾸러미 하나를 넌지시 회관 안쪽으로 밀어놓는다.
금년 들어서도 벌써 여러 차례 다녀간 곳이긴 하지만 산 고개 하나 넘어
널찍한 돌밭은 언제나 신천지인 양 호젓한 모습으로 설레듯 우리를 맞곤 한다.
오늘은 물때가 그다지 좋지 않은 날이다.

하지만 자갈 구르는 소리만은 그 어느 때보다 정겨운 여운으로
속삭임이 잦을 것이다. 따라서 오늘은 파도 끝머리 조금 위쪽의 자갈밭에 앉아
"땅떼기" 기법으로 차분한 탐석을 해야 할 터이다.
정오도 되기 전에 벌써 한 건 건진 게 분명한 L 고문님이 먹거리 배낭을 펼쳐놓고
일행을 불러모으기에 바쁘다. 준비해 온 가양주 한 병이 동이 날 때쯤,
지난 여름날 예의 그 인적 없던 어느 평일의 이곳 돌밭 풍경을
회상하기 시작한다.
그날의 호젓함과 풍광에 도취된 일행은 기어이 완전 나체가 되어
돌밭과 물 속을 번갈아 거닐었으며 그것은 바로 선경(仙景)의
연출이었노라고 했다.

술잔을 따르면서 나는 생각했다.
아마 지나는 갈매기나 인어들은 그 장면을 애써 외면하기에 바빴을 거라고―.
보나마나 아래쪽 듬성듬성 세기 시작한 신선수염 닮은 일대가 보기에
그다지 향기롭거나 그럴듯해 보였으리 만무했을 터이기 때문이다.
오늘 따라 L 고문님의 임시 총무 자임건(사실은 매표 등 잔심부름)에 대한
C 고문님의 짓궂은 감투 시비가 여러 번 이어지고 있지만 L 고문님 또한
당분간 장기 집권의 저의를 은근히 내비치며 특유의 그 조근조근한 설득조의

말투로 끝까지 능청을 부리실 게 자명하다.
때때로 L 회장님의 참았다 터지는 호방한 웃음소리가
두 분의 정겨운 동심 사이를 다독여 가는 오후 한나절—.
배 떠날 시간에 맞춰, 올 때나 거의 변함 없는 무게의 배낭을 챙겨 맨 일행은
고개를 되짚어 바로 선착장으로 나왔지만 휴대폰으로 다시 알아본 오후
배는 예정시간보다 두 시간이나 연착한다는 소식이다.
아까 돌밭에서 마신 술기운의 끝자락을 붙들고,
술 파는 가게조차 없는 이 섬에서 남은 시간의 무료함을 달랠 방도가 난감하여
쩝 — 하며 쓴맛을 다실 때쯤, 멀리 마을로부터 고개를 돌아 나오는
자전거 한 대가 눈에 띄었다. 가까이 온 자전거의 주인공은
바로 눈에 익은 노인회장의 막내 손자로
아 — 아 — 그의 손에는 댓병짜리 소주 한 병이 들려 있었다.

최근 서해안의 풍도에서는 주민들의 호의에 의해 탐석 단속이 다소
완화될 기미가 보이자 서울 모처의 탐석인들이 몰려가 리어카를 동원한
과욕을 부리다가, 주민들의 새로운 반감을 사게 되고 따라서
크게 낭패를 당한 일이 있다는 풍문이 있어 처연한 마음에
나의 지난 어느 탐석날 하루를 잠시 회상해 보았을 뿐이다.

탐석여행

대체로 탐석 여행이란 당일치기거나 일박 정도,

길어야 2박 3일 정도의 일정일 테지만, P 시의 모 수석인은 어느 무인도로

탐석을 떠난 후, 십수 년이 지난 여태까지 귀가하지 않고 있다고 한다.

사실 수석생활에서 탐석만큼이나 뜻 있고 즐거운 과정은 없는 것 같다.

비록 번번이 헛걸음일망정, 그 과정 내내 마치 어린 시절 소풍날의 보물찾기에서

느꼈던 설렘과 기대감 속에 끝없는 동심의 세계로 빠져드는 몰입의 경지는

바로 흔치 않은 자연으로의 귀의 경험이라 할만하다.

P 시의 그 수석인은 지금도 물 속의 돌을 찾기 위해 용궁 근처를 잠수 중일거란

얘기도 있다. 아무리 탐석이 즐거운 과정이라 할지라도

이렇게 지나친 몰입이나, 끝없는 자연귀의인 장기탐석은 그 가족과 주위에

염려를 끼칠 수 있으므로 재고의 여지가 있다 하겠다.

이와는 조금 다른 경우라 할 수 있겠으나 전혀 타의에 의해

장기탐석을 떠날 뻔한 어느 수석인이 있어 행여 돌 하는 이들의 행동거지에 대한

교훈이 될까하여 소개할까 한다.

내가 사는 인천시에서 가까운 복숭아골로 이름난 B 시의 원로 수석인 J 회장은,

얼마 전 성대한 고희전까지 치르신 분이므로 굳이 실명을 밝히지 않더라도

알만한 분들은 다 짐작하실 것으로 사료된다.

그리고 이는 최근 어느 사석을 통해 당시의 범인(?) 중 한 명이 참석한 가운데
당신께서 직접 구술한 내용이므로 거의 사실에 근접한 실화라 할 수 있겠다.
기실 그 내용의 살벌함이나 심각함을 고려한다면 바로 삼엄한 고소, 고발로
이어져야 할 경우임에도 불구하고 말하는 이나 듣는 이 모두가 뜻밖에
박장대소하고 있음은 실로 해괴한 가운데 이는 어느덧 그 시효가 소멸되어 버린
결과가 아닌가 여겨진다.
J 회장은 주지하다시피 만만치 않은 재력에, 매입에 의한 고가의 소장석,
그리고 무엇보다 매우 젊고 아리따운 부인을 둔 수석인으로 부러움을 사고 있다.
이 모든 게 지칠 줄 모르는 그 분의 활동력의 결과일 테지만
한편 넘쳐나는 정력의 분출을 감당키 어려웠던 탓일까?
젊은 미인 아내의 눈을 피해 묘령의 여인네와 호젓한 시외나들이 중
뜻밖의 교통사고로 말미암아 병원 응급실에 나란히 눕게 되었고,
그로 인해 본의 아니게 그 정력의 절륜함을 널리 공표하게 되었다.
그 낭패 이후, 소문이 분분한 가운데서도 수석전시회 참관 차 자주 부산을 찾게
되었고, 그곳에서 역시 소문에 걸맞은 바쁜 행보를 보인 것으로 짐작이 된다.

사파리의 맹수들과 마찬가지로 인간세계에도 지역별 텃세와 수컷 강자들의
서열다툼이라는 것이 있기 마련이다.
부산엔 부산대로 그에 버금가거나 능가하는 정력가 Y 회장이
진작부터 터를 닦고 군림하고 있는 곳이다.
따라서 멀리서 굴러온 돌의 무시할 수 없는 행보에 대한 Y 회장의 기득권 수호의

지 발동은 당연한 결과였으리라.
인천에 살면서 J 회장과 절친한 사이이나 그의 선비답지 못한 정력 과시 행각에
늘 질투 비슷한 못마땅한 심사만 키워오던 L 고문,
J 회장의 연이은 지정 숙소 이탈을 확인한 어느 날 아침,
Y 회장과 전시장 앞 후미진 다방 한 쪽에서 머리를 맞대기에 이르렀다.

그 날 오후 J 회장을 불러낸 두 사람이 전에 없이 살가운 태도로 태종대로
생선회를 먹으러 가자는 제안을 해 오더란다. 태종대산 해석이 한창 성가를 높일
때였으니 귀가 솔깃했으나 어째 돌밭이 아닌 자살바위 쪽을 고집하는 품이
본능적으로 무슨 음모의 작위가 느껴지는 듯하여 선뜻 따라 나서질 않았다고
했다.
이때쯤 J 회장은 얘기 도중 긴 안도의 한숨과 함께 가슴을 쓸어 내렸다.
전시회가 끝날 때쯤 그간의 친분의 무게를 이기지 못한 L 고문이
장고 끝에 실토한 그날의 모의 내용인즉, 계획이 성공했을 경우, J 회장의 모든
재산과 수석 일체에 대한 권리는 L 고문의 몫으로 하되,
그 미망인에 대한 전권은 역시 정력가인 Y 회장이 온전히 행사한다는 합의가
있었던 사실과 함께, 사후 자살바위 언저리에 새길 표지문의 원안이라는 것도
넌지시 보여 주더란 후문이다.

"桃谷石頭鄭公石田直下處"
즉, "복숭아골 돌 우두머리 정 선생 돌밭 바로 내려간 곳"

제4부

명품 名品

명품 하면 "이름 난 물품"이라고 사전에 쓰여 있다.
즉, 이미 상당한 명성을 얻고 있는 뛰어난 물품을 일컫는 용어이다.
최근 사회문제로 대두되고 있는 명품 열풍은 일반 가계뿐 아니라
철없는 청소년들까지 신용불량자로 몰아가고 있다고 한다.
하긴 점잔 빼길 생활화한 영국신사들까지 자국의 유명 브랜드인 메인코트를
상표나 고유무늬가 눈에 잘 띄게 뒤집어 들고 다니는 게 유행이라니,
명품을 통한 과시욕은 이제 지구촌의 일반적 공통심리로 봐도 무방할 것 같다.
언젠가 아들녀석이 방학 내내 힘든 아르바이트를 하더니 구두보다 서너 배 더
비싼 명품 운동화 한 켤레를 사와서는 발 고린내가 진동하는 것도 아랑곳하지
않고 줄기차게 신고 다니며 뻐기는 꼴도 보았다.
만인이 공인하는 명품이란 그 값이 비싼 만큼 그런 반열에 오르기 또한
쉽지 않은 법이다.

석명 : 설악(雪岳) · 산지 : 영흥도 · 규격 : 6×5×3

오랜 세월에 걸친 품질개선, 견고성, 뛰어난 디자인, 거액을 들인 광고공세 외에
무엇보다 전체 소비자들의 폭 넓은 공감을 획득해야만 비로소 득명하는 지난한
과정이 있기 마련이다.
그럼에도 불구하고 요즈음 우리 수석계의 전시회는 그 용어의 인플레가 부쩍
잦아지고 있는 듯하다.
이웃나라 돌, 여남은 점 함께 올려놓고 무슨 기념 국제전 — 하거나,

제1회 무슨 무슨 명품전 — 하는 허명을 쫓는 전시회가 늘고 있다.

준비위원들의 개인 호주머니를 털어, 오랜 준비기간을 거치면서 심혈을 기울인
명품전조차 갖가지 변수에 걸려, 처음 의도했던 기획의도를 제대로 살려내지
못하고 뒷말이 무성한 터에, 이제 건너편 전시대에 놓인 석부작용 돌에도
미치지 못하는 망신스런 돌을 버젓이 전시해 놓은 명품전까지 생겨나고 말았다.

이를 개탄한 원로 D 선생께서는 "남이 하니까 마치 종이에다 조(棗), 율(栗),
시(柿), 이(梨) 적어놓고 지방 없이 지내는 제사 같다" 하셨다.

타 문화취미 단체에 비해 동호인도 많고, 따라서 전시회도 많으며,
비싼 석보나 기념품 또한 많은 게 수석계이다.

그에 따른 말도 많고 탈도 많으려니와, 한두 번의 시행착오야 따르기 마련이지만
이를 시정하고 개선하려는 노력만은 그리 많지 않음은 왜일까?

그 위에 허명을 쫓는 사람만 날로 많아져, 이제 머지않아 회장은 총회장에서
총총회장으로—.

명품전은 명석전을 거쳐 명명석전으로 발전해 갈 기세다.

여린 발음에 어눌한 고향 친구 놈이 어느 전시장에 나타나서는,

"무갱아, 이런 기 맹맹석이가?" 하거나

"이기 멍멍석이라 카는 기가?" 하문

나는 마, 우짜꼬 싶다.

뙬탕들의 합창

재작년 이맘때였던 것 같다.

이웃에 살고 있는 매제가 겨울 보신용으로 좋다며 산개구리 스물 댓 마리를 비닐 봉지에 담아왔다.

오래 전 가족모임에서 군대생활 중의 포장마차 술안주였던 겨울개구리구이 얘기를 한번 한 적이 있는데 그걸 잊지 않고 있다가 시골 간 길에 챙겨 왔나 보다.

나는 옛 생각만 하고 우선 베란다의 난분 관수용 물통 속에 넣어 살려 놓은 후, 요 놈들을 몽땅 탕을 끓일까, 구이를 할까, 아님 바싹하게 튀겨서 술 한 잔 곁들일까 하고 군침을 삼키고 있자니, 하루에도 몇 번씩 물통을 들여다보며 "쯧쯧" 하고 혀를 차시던 어머니가 내게 물어오셨다.

"이걸 정말 묵을라 카나?"

그제야 나는 아차 했다.

그게 남정네들 몸보신용이라는데 며느리 눈치를 봐서라도 쉽게 먹지 말란 소리는 못하고 겨울잠 자는 생목숨을 강제로 끌어내다 담아놓고 입맛을 다시고 있는 내가 몹시 못마땅하셨을 것 같았다.

어머니의 불심을 존중한다는 뜻으로 평생 보신탕 한 그릇 먹지 않고 살아온 나다.

나는 친애하는 매제의 모처럼의 성의를 포기키로 했다. 막상 자비심을 베풀기로 생각을 바꾸긴 했으나 새로운 문제가 대두되었다.

난에 줄 물통 속에 그대로 마냥 둘 수도 없고, 얼어붙은 개울이나 저수지에 풀어놓을 수도 없는 노릇 아닌가?

다행히 난실의 습도조절을 위해 난대 아랫칸에 작은 습지를 만들어 두고 양석 중인 돌을 촘촘히 세워둔 공간이 있어 그곳에 당분간의 은신처를 마련해 주기로 했다.

과연 녀석들의 은신술은 감탄할 만했다.

행여 다 죽어버리지나 않았나 염려될 만큼 구석구석 숨어들어 기척 하나 없이 그렇게 한 겨울을 나고 있었다.

개구리의 존재조차 까맣게 잊고 있던 어느 날, 제법 따사로운 봄볕이 창문 가득 들고 이제 막 망울을 터트리려는 춘란꽃을 살피려 베란다에 나섰던 나는 난데없는 "꾸르륵…… 펙?" 하는 낯선 소리에 깜짝 놀랐다.

가만히 귀를 기울이고 있자니 반대편 쪽에서 다시 화답이나 하는 듯 비슷한 소리가 들려왔다.

비록 미물일 망정 그것은 환희에 찬 생명의 소리요, 생존 의지의 승리감에 터져 나오는 일성이었다.

겨울잠에서 깨어난 녀석들이 겨우내 닫혔던 입을 일제히 열고 새봄을 소리 높여 찬양하기 시작했다.

그리고 한동안, 우리 집은 마치 시골 논바닥 하나를 옮겨 놓은 듯, 아니 우리가 어느 산골의 촌가 툇마루에 앉아 있기나 한 듯한 착각 속에, 때론 그 요란한 합창소리에 밤잠을 설치게 했다.

그때쯤 우리 집을 방문한 부산의 K 선생은 내 설명을 듣고, 그들에게 "뜀탕들"이란 기발한 예명을 지어주고 갔다.

그리고 얼마 되지 않아 빨래 걸으러 베란다에 나갔던 아내와 딸애들이 놀란 눈으로 뛰어들어오며

"어마마— ! 개구리들이 서로 막 업혀 다녀!" 했다.

그러나 나는 녀석들의 남의 눈을 의식치 않는 막무가내식 행위에 대해 차마 설명해 줄 수도 없었다.

다만 그렇게 섭리에 따라 뒤이어 생겨난 수백 마리의 올챙이들을 통해 스스로 깨닫게 되길 바랄 뿐이었다.

모처럼 찾아온 손님 앞에 느닷없이 폴짝대어 기겁을 하게 하는가 하면, 살아서 움직이는 것만 먹는 녀석들의 먹이문제를 해결할 방법이 마땅치 않아, 우리는 길일을 택해 모두 자연의 품으로 돌려보내기로 의견을 모았다.

그것을 어머니는 방생이라 하셨다.

온갖 잡동사니로 채워진 베란다를 휘젓는 사흘 간의 대 포획작전 끝에 낙오한 올챙이 한 마리 없이 모두 건져내 도시 변두리의 제법 맑은 저수지에 풀어줌으로써 일은 일단락 지어졌다고 여겼다.

그러나 그들을 떠나 보낸 베란다는 아이들 모두 떠난 빈집처럼 적막감만 감돌 뿐 웬지 허전함을 감출 수 없었다.

그들의 은신처였던 돌들의 정리를 대충 끝내고 돌아 나오려는데 한쪽 구석에서 귀에 익은

"꾸르륵…… 풱!"

하는 소리가 났다.

한편 반가우면서도 그럴 리 없다 여겨 소리난 쪽을 유심히 살피고 있자니 또 다시 같은 소리가 위쪽에서 들려왔다.

그렇구나! 뛸탕!

그들은 모두 떠났지만 흔적 하나 남겨두고 간 것이 있었다. 나만 보면 매번 나와 똑같은 목소리로 "야— 임마! 뭐 하는 짓이고?" 하며 힐난하길 반복하는 우리 집 구관조 녀석은 그들의 합창소리를 그대로 배워두고 있었다.

그리고 좀체 잊지도 않는다.

오늘도 녀석은 전화벨소리가 울리자 나보다 먼저 전화를 받는다.

"여보세요! 안녕하세요? 껄껄껄…… 꾸르륵 풱!"

귀 향

실로 오랜만에 내친걸음이었다.

가만히 기억을 더듬어보면 내가 거의 장성한 후였던 외할머니 사십구일재 때에도 한번 다녀오긴 했었다.

그러나 지금 나의 기억 속에 남아 있는 그곳은 꿈속처럼 아슴푸레한 어린 날의 추억들뿐이다. 그곳은 계곡의 바위틈을 흐르는 물소리가 금새 말소리를 삼켜버리고 마는, 가파른 오솔길을 따라 한나절을 걸어 올라가야 했고, 개울가 작은 돌을 들어내면 서너 마리씩의 가제가 뒷걸음을 치며 달아나곤 하던 먼— 산골마을인 바로 나의 외가가 있던 곳이다.

고속도로 인터체인지를 벗어나면서 아지랑이 피는 오월의 신록 사이로 나타난 먼 산의 낯익은 위용을 대하면서부터, 벌써 어머니는 눈시울이 붉어질 만큼 깊은 감회에 젖어드는 듯했다.

하늘 아래 첫동네라 불릴 만큼 깊은 이곳 산간마을까지 이제는 잘 포장된 도로를 따라 동생의 지프는 단숨에 오르고 있었다.

나의 유년의 온갖 추억들이 고스란히 스며 있어 문득 가슴 저리게 되살아나기도 하는, 여기서 멀지 않은 도시의 변두리였던 실제 내 고향은 이제 많은 도시인들이 그러하듯 그 희미한 흔적조차 더듬어 볼 길이 없어졌다.

그러나 다행스럽게도 나에게는 또 하나의 고향이 늘 가슴속에 자리잡고 있었다.

어머니를 통해 늘상 들어오던 이 마을의 전설 같은 옛 이야기들—.

새로 태어난 외손자를 가르치라며 손수 천자문을 책으로 묶어 보내주시던 외할아버지와 억척 외할머니 이야기—.

원동 일대에 단 둘뿐이던 서울 유학간 대학생 오라버니가 방학 때면 내려와 새로운 노래를 가르쳐 주던 이야기—.

뒷골 천수답을 지키던 마당개가 밤새 멧돼지와 싸우다 배가 찢겨서 죽은 일—.

함께 나물 뜯던 막내 이모가 독사에게 물려 거의 다 죽다 살아난 일—.

담가놓은 농주를 맛본다며 홀짝이다 그만 취해버려 혼쭐난 열여섯 중간 이모 이야기—.

그리고 여드름 투성이셨던 나의 아버지가 도시처녀 마다하고 이 골짜기까지 첫선 보고 신행 오시던 그 시절 이야기를 들으며 이곳을 나의 새로운 고향으로 자리 매김한 것은 어쩌면 지극히 자연스런 선택인지도 모른다.

이제 고희를 넘긴 어머니가 가끔씩 절실한 표정으로 그곳에 가고 싶다고 하셨을 때, 나도 늘 공감하면서도 쉽게 실행치 못한 이유는, 당일로 되돌아오기엔 다소 무리가 따르는 거리감과 이젠 그곳에 별다른 연고가 없어진 탓이기도 했다.

그러던 내가 올해는 서둘러 이 마을, 아니 정확히 이 산을 찾게 된 데는 그만한 사연이 있었다.

매년 삼월경이면 전국에서 일제히 크고 작은 동양란 전시회가 열리곤 한다.

그땐 나는 가족들과 함께 가까운 곳의 몇몇 전시회를 순회하면서 지난 겨울 동안 메말랐던 정서의 순화를 도모하기도 했었다.

올해도 어김없이 서울의 어느 동양란 전시장을 찾았을 때, 야생란 코너를 유심히 살피던 어머니가 복주머니꽃 앞에서 나를 불러 세우셨다.

나는 그것이 본시 개불알꽃으로 불렸고, 광릉요강꽃 등과 함께 이제는 거의 멸종
상태에 이른 그리 흔치않은 야생란이라고 설명해 드렸다.
이에 어머니는, 이 꽃은 어릴 때 고향 뒷산에 흐드러지게 피어 있었으며, 그때 아
이들끼리는 "처자불알꽃"이란 조금은 얄궂은 이름으로 부르면서 서로 쿡쿡 대며
머리에 꽂고 다니곤 했다고 하셨다.
그리고 그 흔했던 꽃이 희귀한 야생란의 일종이란 사실에 의아해 하셨다.
그동안 숱한 산행에서도 나는 아직 야생 복주머니꽃을 만나보지 못했다.
하물며 그 꽃의 군락지라면 그때 그곳은 얼마나 장관이었을까? 급기야 궁금증이
일기 시작했고, 모든 난 종류는 원래 난균이 있는 곳에서만 자생할 수 있다는 생
각에, 새촉이 돋을 때쯤 꼭 한번 확인해 보리라 마음먹게 되었다.
그리고 드디어 그 날의 작심을 실행에 옮기면서 아울러 어머니의 오랜 포원도 함
께 풀어드리는 기회로 삼은 것이다.
그러나 막상, 공원 입장료까지 물고 마을에 들어선 어머니는 꿈에도 잊지 못해 하
던 옛집을 찾지 못하셨다.
새로 줄지어 들어선 무슨, 무슨 가든…… 하는 대형 갈비집들 앞에서 오래 고개를
갸웃거리며 허탈해 하신 것처럼…….
그 산정의 병풍 바위 아래 자생군락지였다는 곳, 역시 이미 등산객들의 발길에 잘
다져진 상태로 우리를 맞았다.
며칠 전 연휴 때는 등산객들이 개미줄처럼 이어졌었고, 다음 공휴일에도 거창한
철쭉제가 또 열릴 예정이라던 현지 상인의 표정은 매우 신이 나 있었다.
"상전벽해"
내가 오랫동안 은밀히 가꿔 왔던 제2의 고향 꿈과, 야생 개불알꽃에 대한 각별한
기대는 그렇게 여지없이 물거품이 되고 만 것이었다.
그러나 등산로 주변에 군데군데 피어있던 노랑제비꽃, 뫼제비꽃, 백작약 등을 만
난 일이나 — 어머니의 오랜 기억을 더듬어 찾아간 수십 길 낭떠러지 중간의, 예

전 어느 긴 수염 도인이 오래도록 도를 닦기도 했다는 동굴 속 샘가에서, 이제 막 피어난 연자주색 설앵초꽃 군락을 발견한 일이나 ― 동란 중 피아의 치열한 공방전 끝에 많은 젊은 피가 뿌려졌다는 산 정상에 이 봄, 너무나 선연한 핏빛으로 피어나 눈이 시리도록 다가오던 철쭉꽃 능선을 바라볼 기회가 있었다는 것은 그나마 다행이었다.

그리고 또, 하산 길에 얻어 마신 농주 한 사발의 맛은 그나마 잃어버린 나의 고향이 예서 그리 멀지 않은 곳이었음을 새삼 일깨워주기도 했다.

어머니― 이 세상에 변하지 않는 것은 어디에도 없다더이다.

이제 우리, 자주 다니던 남도의 어느 수려한 산자락 하나 정해 두고, 매년 이맘때면 어머니는 고사리랑 으느리랑 산나물 뜯으시고…….

나는 있는 듯 없는 듯한 우리 춘란향에 마냥 취하며, 언젠가 또다시 버려야 할지 모르는 새로운 고향 하나 더 만들어 가십시다, 하고 어머니의 그 허전함을 다소나마 달래드릴 참이었는데……

내내 망연 자실, 아무 말 없던 어머니가,

"차암, 얄궂데이. 그 많던 꽃이 다 어데 갔을꼬?"

하셨다.

여태 어머니는 당신께서 매양 돌아가야 할 곳으로 여겨오던 꿈속의 그 산하를 잃어버린 상실감보다 어렵사리 짬을 낸 나의 한순간 아쉬움을 더 염려하고 계셨나 보다.

나는,

"그 설앵초꽃은 우시 귀한 기라요! 이번 아니었으면 고마, 다시는 못 볼 뻔했구마는…… 어무이"

하며 애써 매우 흡족한 표정을 지어 보였다.

차창 너머로 비슬산이 영영 멀어지고 있었다.

산채도사

나의 어머니는 산나물을 좋아하신다. 아니 산나물 캐기를 더 좋아하신다.
산나물의 종류도 종류려니와 그 맛과 효능 그리고 조리법까지 훤히 꿰뚫고 있다.
그 많은 산나물의 채취시기, 식용여부, 특히 독이 있는 풀을 꼼꼼히 가려내는 능
력은 살아 있는 산나물 도감이라 해도 과언이 아니다.
그런 어머니가 봄기운만 찾아오면 집안에 가만히 계실 리 만무하다.
산에만 들어서면 소녀적 고향 뒷산이 그예 있고, 생전의 아버지랑 함께 꺾던 고사
리 버섯들이 온갖 추억으로 고개를 내밀고, 또 나와 함께 춘란 찾아 헤매던 남도
의 솔밭도 기억해 내실 터이다. 산나물이 있어 뵈는 산자락에 서면 어머니 표정이
마치 어린아이처럼 상기되곤 하신다.
매번 새 희망에 부푼 모습이다.
가시 방어용 챙모자와 머릿수건 동여매고,
손수 제작한 나물 앞치마 걸치고,
손녀가 신다버린 헌 가죽 부츠 차려 신고,
관록이 엿보이는 배낭 하나 둘러매고,
막내가 벼르다준 전용 곡괭이를 장갑 낀 손에 단단히 꼬나들고 나서면 마치 천군
만마를 휘몰아 갈 대장군의 모습으로 변신하여 위풍 당당히 산에 오르신다.
요즘은 산나물에 맛을 들인 젊은 조카며느리들이 여럿 그 뒤를 다투어 따르기도
하지만 일단 산 속에서는 뒤쫓아 다니길 포기해야 한다.

석명 : 대동여지도 · 산지 : 미원 · 규격 : 12×13×5

순식간에 등성이 몇을 넘는 산정에서 "야호— 야들아 내 여깃데이—" 하시기 일쑤
이기 때문이다. 그리고 언제나 전리품도 단연 으뜸이다. 억척 며느리들이 혀를 내
두를 만큼 푸짐한 보따리를 풀어놓고 귀로 내내 자랑스러워하신다.
어머니의 산나물은 삶거나 말려져서 작은 봉지에 소분되어, 일 년에 아홉 번씩이

나 차려지는 제사 때나 명절에 요긴하게 쓰여진다. 그리고 옆집 팽이할매, 꽃집아지매, 이웃 조카네, 아파트 슈퍼, 멀리는 전에 살던 곳 앞집에까지 고루 전달되어 칭송을 받는다.

이에 나는 어머니께 "산나물 한국 챔피언"이란 닉네임을 붙여드렸다.

그런 어머니가 올해는 드디어 자타가 공인하는 "도사"란 칭호가 수여되는 획기적인 계기가 마련되었다.

매년 봄이면 수십 번씩 다녀오곤 하는 텃밭 같은 전방 인근 산 속에서 뜻밖의 산삼 한 뿌리를 심 보셨기 때문이다. 아무에게나 쉽게 그 정체를 드러내지 않는다는 산삼, 어머니는 평생의 일구월심(日久月深)에 대한 산신령님의 선물이라 했다.

새끼손가락만한 산삼 한 뿌리를 조카, 조카사위들에게는 곁뿌리 하나씩을, 그리고 나와 손자 놈에게는 본체의 반 마디씩이 강제로 배당되었다. 이로써 나의 주변에는 산삼 맛을 보거나 먹은 사내가 여럿 생겨났다.

그날 이후 왠지 샘솟는 듯한 기운에 아내가 더 반김은 자명한 이치일 터이고, 코피가 잦던 아들놈도 한결 증세가 잦아드는 듯하다.

나는 어머니가 이제 명실공히 산나물의 최고봉인 산삼을 캔 "산채도사" 할머니로 한껏 격상된 게 그지없이 기쁘다. 그러나 무엇보다도 뱀에 놀란 어머니가 "아이고, 야들아─." 하시며 까마득한 산 아래까지 한달음에 내빼시는 그 고희의 젊음이 더없이 좋다.

손 안 대고 코풀기

새벽길 두 시간, 뱃길 한 시간, 그리고 돌밭까지의 섬길 한 시간은 자못 험하다.
마을을 지날 때부터 조개 망태기를 들고 줄곧 따라오는 중년 여인네는 전형적인
섬 아낙네의 모습을 하고 있었다.

이곳 주민들이 섬 뒤편의 돌밭 근처까지 작업하러 갈 때는 주로 마을의 소형 배편
을 이용함이 훨씬 용이함에도 불구하고 도보로 험한 길을 동행함이 의외였지만 우
리 일행은 섬 관광이 목적인 사람들인 양 위장한 터에 행여 눈치 채일라 휘적거려
가며 돌밭과 무관한 척 목적한 장소에 당도했다.

잠시 건성으로 사진 촬영을 하는 척 딴청을 부리다가 아주머니가 시야에서 멀리
사라지자 그제야 서둘러 탐석 자리를 잡기 시작했다. 오래 전부터 드세다고 소문
난 이곳 부녀회의 입김과 신고 기질을 들어 알고 있는 우리들로선 매사 신중함이
상책 아니랴.

사실 이 섬은 수석산지로 소문난 지 오래일 뿐 아니라 가까운 육지에 문을 연 수
석가게 주인들의 탐욕스런 열의에 의해 때론 하루에 무려 수십 마대의 현지 돌이
전세 어선에 실려 나가는 현장을 목격했을 정도로 거의 수석감이 고갈된 형편이
다.

그러나 땅떼기 기법이나 탐석의 의외성 덕분에 때론 한두 점 소품 정도는 건질 경
우도 간혹 있기에 미련을 버리지 못하고 다녀가곤 한다.

따라서 돌밭 단속도 예전 같지 않아 단출한 일행의 탐석은 그다지 신경을 곤두세

우지 않아도 무방한 줄로 알았다.

그 날도 우리 일행 넷은 종일을 그렇게 수맥 찾듯 뒤진 끝에 쓸만한 돌 몇 점씩을 만나게 되었다. 그 중에는 요즘엔 전혀 볼 수 없을 것 같았던 명품에 가까운 돌 한 두 점도 섞여 있었다.

우리가 서로 석복 운운해가며 속으로 쾌재를 부르고 있을 때 그 사이 보이지 않아 마을로 돌아간 줄만 알았던 아침의 그 중년 여인이 여태 빈 망태기인 채 우리들에게 다가왔다.

현지인의 갑작스런 출현에 다소 당황해 하는 우리들에게 가까이 다가온 아낙은 아주 은밀하고 친절미 넘치는 표정으로 귓속말로 속삭였다.

오늘 아침 배로 외지에 나가 있던 청년회장과 부녀회장님께서 입도 하셨으므로 오늘은 필시 부두에서의 배낭검색이 있을 것이라 했다. 그리고 이럴 땐 탐석한 돌을 아무도 모르게 묻어두었다가 후일을 기약하는 것이 상책일 거라고 친절히 그 방법까지 일러주는 것이 아닌가?

이 어인 친절이랴? 하마터면 모처럼의 행운이 물거품으로 사라질 뻔하지 않았는가? 눈앞에는 부두에서의 검색장면과 그 구차함이 번갈아 떠올랐다. 우리는 그녀의 그지없이 따뜻한 배려와 친절에 수없이 감사했고 이 섬 아낙의 후한 인심에 감격해 하며 각자 따로 마련해 간 마대나 손가방 속에 돌을 챙긴 후 은밀한 곳을 찾아 제법 높은 바위 위나 솔숲아래를 찾아 흩어졌다.

잠시 후 다시 한자리에 모인 우리 일행은 이구동성으로 그녀의 호의에 감사하는 찬사를 모으는데 인색하지 않았다. 물때에 맞춰 조개를 캔다며 서둘러 자리를 뜨는 그녀의 뒤에다 대고 길게 읍하며 감사의 인사를 건넨 우리는 배 시간에 맞춰 부두에 나왔다.

그러나 그새 예상치 못했던 주의보가 발효되어 오후 배는 결항된다는 통보가 기다리고 있었다. 배낭검사를 할거라던 청년회나 부녀회원들도 물론 보이지 않았다.

하는 수 없이 민박집에서 하룻밤을 묵은 우리는 이튿날 오후 배 출항 소식을 확인 후 서둘러 어제 묻어둔 수석을 찾으러 나섰다. 그러나 정말이지 이런 경우를 두고 귀신 곡할 노릇이라 하던가? 불과 하룻밤 사이에 그렇게 단단히 표시까지 해두며 꼭꼭 묻어둔 돌가방이 몽땅 없어진다니? 행여 산짐승이 수석을 파먹었을 리 만무한 일이고 더구나 돌가방에 발이 달린 것도 아닌 터에.

벌써 서너 번째 험한 뾰족 바위를 오르내리기를 반복한 일행 하나는 도저히 믿어지지 않는다는 듯 주변을 다시 한번 휘돌아보며 지형지물을 확인한 후 확신에 찬 표정으로 기어올라가서는 허탈한 듯 까마득한 아래를 내려다보곤 했다.

결국 돌 찾기를 포기하고 기진맥진하여 돌아온 우리에게 탐석꾼임을 눈치챈 민박집 아주머니가 동네 한쪽에 전에 없던 수석가게가 하나 생겼음을 귀띔해 주었다. 그나마 공탕을 메우려면 그 방법밖에 없겠고 섬 현지에 생긴 수석 가게에 대한 호기심도 발동했다.

간판도 없이 살림집에 임시로 설치한 전시대의 스티로폼 좌대 위에 얹힌 현지와 인근 섬돌들을 잠시 살피고 있던 중 부엌문을 열고 나오는 주인여자의 얼굴에 눈길이 닿자, 우리 일행들은 마치 불에 데인 듯 놀라 서로의 안색만 살피다 모두 천장을 올려다보며 기막힌 표정으로 허탈한 웃음을 흘리고 있었다.

우리 일행을 한번 흘긋 살핀 후 애써 모른 척 외면하며 코를 푸는 척하는 그 아낙은, 어제 우리들에게 그토록 살갑게 굴던 천사표 섬 아낙 바로 그녀였다.

자연석 달마도 自然石 達摩圖

과연 나의 시도가 옳은 것일까?

처음 이 새로운 착안을 작업으로 옮기면서 나는 깊은 회의에 빠졌었다.

돌에 인공을 가하는 행위 자체가 바로 그 돌의 생명력을 빼앗는 결과일 뿐 아니라, 우리 수석인 모두가 마치 파렴치한 행위로까지 인식하고 있다는 점을 잘 알고 있는 터에 돌에 그림을 그려 넣는 작업 앞에 어찌 망설임이 없으랴?

그러나 한동안의 심사숙고 끝에 나는 마침내 돌에 그림을 그려 넣기 시작했다. 그리고 그 결과는 의외였다.

보는 이마다 한 점씩이라도 갖기를 원한다는 것은 내 행위에 대한 성과일 뿐만 아니라 상당한 의미 부여의 확증일수도 있기 때문이다.

물론 내가 그림의 대상으로 삼은 돌은 수석이 아니다.

다만 수석감을 탐석하는 과정에서 다소 아쉬운 점은 있으나 버리기 또한 아까운 사유석 닮은 돌이거나, 소위 선돌에 가까운 돌에다 나름대로 달마상을 그려 넣어 보기로 한 것이다. 자칫 버려질 돌이 역으로 생명을 얻고 감상 가치를 지니게 된다는 사실에 고무된 나는 그동안 집안의 돌무더기 속에

방치되어 있던 맞춤한 돌을 골라내어
틈나는 대로 작업을 계속해 나갔
다.
그것이 차츰 밀도를 더해
가면서 수백 점으로 늘
어났고 세워진 돌마
다의 형태에 따른
표정 또한 나의 의
도와는 또 다른
모습과 의미로
다양하게 다가
옴에 스스로 신
기함과 함께 원
인 모를 경외감
을 느끼기 시작
했다.
처음 시작할 때
나의 인식이래야
그저 달마조사(達摩
祖師)는 인도의 왕자
였으므로, 수염은 바깥
으로 심하게 뻗지 않았으
며, 머리는 대머리요, 눈썹
은 송충이처럼 꿈틀거리며, 코
는 매부리나 돼지 같은 동물을 닮지

않을 것이며, 성인답게 콧방울이 크고 굵으며, 입은 한일자로 굳게 다물어 의지를 나타낼 것이며, 입술 주위를 흐르는 법령주름은 풍만하며,
귀는 눈 위에서 시작되어 넓은 귓불이 어깨에 닿아 만인의 스승다운 풍모에다,
가슴을 비롯한 털복숭이 얼굴을 특징적으로 나타내야 한다는 정도의 회화적(繪畫的) 상식에 불과한 안일함이었다.
그러나 마침내 크고 작은 달마상이 나의 전시대 한 칸 전체를 메우면서 약 천불(千佛)을 헤아리게 되었을 즈음, 나는 나도 모르는 사이 출가한 달마가 양무제(梁武帝)를 만났을 때나, 소림사에서 면벽구년(面壁九年)의 선정(禪定) 시 모습이나, 말할 때, 웃을 때, 노하였을 때, 또는 찾아온 혜가(慧可, 속명 神光)가 스스로 팔을 끊어 토굴 앞에 붉은 눈이 쌓이게 된 사실에 화들짝 놀랐을 때나, 무아 무심의 삼매에 출입시의 표정 등을 그 속에서 감지해 낼 수 있게 된 스스로에 놀라고 있었다.
회화(繪畫)란 그것을 그린 작가의 인격이란 말이 있다.
중생의 참행복을 일깨워 주기 위해 살신성인의 본을 보여주신 성인의 모습을 형상화하기엔 역시 역부족일 뿐이라고 여기는 내 눈에 달마조사의 다양한 표정이라도 엿볼 수 있는 심안을 갖추게 해준 동인은 과연 무엇이었을까?
한참 후에야 깨닫고 무릎을 치게 된 그 정체는 바로 자연 즉, 석신의 배려였었다.
평면의 사물(死物)인 화선지와 달리 이미 석신이 꼼꼼히 조각해 둔 다양한 형태와 볼륨을 가진 자연석의 몸짓 위에 나의 미숙한 붓질만 몇 번 가해졌을 뿐.
그것은 그대로 자연의 연장이요, 솜씨였기 때문이다.
이제 나는 나름대로의 보람을 가지고 오랫동안 이 일을 계속하게 될 것 같다.
자연석 달마도를 들고 잠시 머뭇거리는 사이,
"그게 무슨 상관이람?"
하며 빼앗듯 낚아채 간 A 시 어느 교회의 원로 장로님 같은 분이 내 주위에 있는 한 말이다.

총대리점 애환

T 시의 K 모씨는 수석상이긴 하지만 자타가 인정하는 탐석인으로 더 소문이 나 있다.

남도의 저명한 해석전시회마다 그의 손을 거친 명품들이 다수 등장함은 그의 차원 높은 수석 안목과 식을 줄 모르는 탐석열의의 증거물로 충분하다 하겠다.

그러나 탐석의 성과는 투철한 열의만으로 그 효율성이 배가된다고 볼 수 없는 측면이 있다.

작은 조각배에 몸을 싣고 거친 파도와 사투를 벌이는 용맹성과 함께 때론 임기응변의 재치가 필요한가 하면, 근본적으로 마찰을 피할 수 있는 진중함도 구사할 줄 알아야 하기 때문이다.

K 씨가 전국적으로 서해안 'Y 섬돌'의 총대리점이란 칭호를 얻기까지는 나름대로의 오랜 공력이 필요했다.

즉, 섬의 현지에 든든한 고정 후원자를 심어두는 장기적 안정정책을 펼친 것이다.

돌밭과 가까운 적당한 위치의 민박집 하나를 골라, 그 주인 내외와 막역한 친분을 쌓은 후 그 협조를 바탕으로 출입과 반출이 용이케 근본적인 밑자리를 닦는 방법이었다.

들릴 때마다 도서 지방에서는 귀하기 마련인 각종 생필품을 사들고, 따로 푸짐한 주효를 마련해 가서는 술 좋아하는 주인 영감님과 밤새워 대작을 하며 환심을 사는 일종의 햇볕정책을 일관되게 시도한 것이다.

평소 순박한 인상에다 느릿한 말투로 옳은 소리만 뜨묵뜨묵 하다가, 때때로 요절복통할 해학을 구사할 줄 아는 전형적인 남도 양반의 풍모를 지닌 K 씨다.

그 때 주인 영감님의 리어카에 의해 잘 포장되어 날라졌던 수많은 Y 섬돌 중, 모 월간지에도 실렸던 '황금송' 같은 명품은 전국의 많은 해석 애호가들의 관심을 단연 집중시킬 만했다.

이런 K 씨가 그 든든한 후원자를 잃고 자칫 총대리점 간판을 내릴 뻔한 위기가 한 번 있었다.

그 날도 일찌감치 시작된 주인 영감님 내외와의 술자리는 밤이 이슥할 때까지 이어졌고, 따로 마련해 간 고급 양주병이 여럿, 바닥을 보일 때까지 도도한 주흥이 무르익어 갔다.

처음 아저씨였던 호칭이 어르신을 거쳐 어느새 "아버님"으로까지 발전되었고, 따라서 육지의 믿음직한 다 큰 새아들 하나를 더 두게 된 영감님의 흐뭇함이야말로 미루어 짐작이 간다.

한밤 중, 갈증과 뇨기에 잠이 깬 K 씨.

여기가 어딘지조차 분간치 못할 비몽사몽간에 어둠 속을 더듬어 화장실을 찾아 나섰다.

마침내 찾아낸 문 하나를 열고 나가(?) 더듬거리며 변기 통을 찾던 중, 무언가 손

에 닿는 게 있어 더듬어 보니 마치 요강 단지 같기도 하고 무슨 돌덩이 같기도 했
다.

K 씨, 아무리 취중일지라도 역시 수석인다웠다.

"누가 이 둥근 돌을 여기다 들여 놨노?" 하며 다시 한번 그 형태를 가늠하느라
고루 더듬고 있는 차에 갑자기 인기척이 나며 불이 확 들어왔다.

아뿔사!

그 때까지 더듬고 있던 돌덩이는 어이없이 올려다보고 있는 이 집 안주인 얼굴이
었고, 아저씨 아니 새 아버님이 분기 어린 표정으로 그 장면을 내려다보고 서 있
는 게 아닌가.

금새 술이 확 깨는 듯한 낭패감에 "어? 화장실이 아니네." 어쩌구 하면서 허겁지
겁 그 자리를 피한 K 씨.

날이 밝자 예정했던 그 날의 탐석은커녕 서둘러 행장을 챙겨 "젊은 사람이 겨우
그 술 마시고 쯧쯧" 하는 영감님의 핀잔을 뒤로하고 아침 배를 타러 부두로 나설
수밖에 없었다.

그 후, 다시 예전의 친분을 복원하는데는 상당한 진사노력과 꽤 오랜 시일이 걸렸
지만 좀체 영감님의 눈길은 전만 같지 않은 가운데— 어찌된 셈인지 안주인이 해
주는 반찬만은 전에 없이 푸짐해졌을 뿐만 아니라 맛도 한결 나아졌더래나 어쩼다
나.

고 수 도 업 高修道業

우리의 옛 선인들께서는 동방무진란(東方無眞蘭)이라 하여 향기가 없는 난은 진
란으로 여기지 않았다. 따라서 대국으로부터 건너온 진기한 난의 잎을 감상하고
흠향(歆香)할 수 있었던 사람들은 극히 일부일 수밖에 없었고,
제한된 귀인계층만이 누리던 특권이었을 것이다.
흔히, 남산골 샌님으로 대칭(代稱)되기도 하는 대다수의 가난한 선비들께서는 어
쩔 수 없이 스스로 먹을 갈아 손수 친 난초그림 한 점을 서재나 사랑방에 걸어두
고 그 속에서 우러나는 왕자향(王者香)을 음미하며 의란조(倚蘭操)의 공자 말씀
을 기리곤 했으리라. 동창에 가로 걸린 가을 풍경에 돛단배가 떠 있는 산수화 한
폭으로는,
何人勇退急流中　一幅孤帆萬里風
雪膾銀蓴秋正美　故索歸興向江東
"그 누가 급류 중에 용퇴하여 가느뇨, 한 폭의 돛에 하염없이 불어오는 바람이로
다. 눈빛 생선회와 은빛의 순나물에 가을이 정녕 좋아, 그래서 가고픈 흥취를 좇
아 강동으로 향하노라."
하고 읊조리며 그 동안 섬겨오던 제왕의 그릇 작음을 탄(歎)하며 가을 바람에 돛
을 달고 낙향 길에 오른 장한(張漢)의 고사가 주는 교훈을 되새기곤 했을 법하다.
가까이는 추사 김정희(秋史 金正喜) 선생께서 해동 제일이라 칭송해 마지않던
대원군 석파 이하응의 난초그림 또한, 상갓집 개라는 모멸(侮蔑)까지 감내한

인고의 세월 동안 그에겐 정신적 지주였으며 훌륭한 스승이었다는 일화는 익히 알고 있는 사실이다.

선비라 함은 모름지기 유곡가인(幽谷佳人)의 품격을 갖추고 나아갈 때와 물러설 때를 분명히 하여야만 후세에 칭송을 받을 만했다.

오늘날 이 땅에 난실을 마련하고 선현들의 얼이 배인 난초들을 모아놓고 그 정신을 기리며 맥을 이어가려 하는 우리 난인들의 정신세계는 어느 취미생활에 비할 바 없이 고상하게만 여겨지기도 한다.

내가 처음 난을 접한 지 얼마 되지 않았을 때였다. 산채 길에서 돌아오던 중에 B시에 새로 생긴 난원에 들린 적이 있다.

지난 봄 이곳에서 개최된 난전시장에서도 본 듯한 몇 분의 난인들이 소파에 둘러앉아 한창 화투장의 동양화 감상에 열중하고 있었다. 몇 번 인기척을 내어 보았으나 워낙 판세에 몰두해 있던 중이라 드나드는 사람조차 안중에도 없는 듯했다.

한참 후 옆 사람의 옆구리 질에 마지못해 일어선 주인인 듯한 사람에게 손에 들고 있던 난을 보여주며 이것을 심을 만한 난분 하나를 달라고 했다.

흘깃 한번 난에 눈길을 준 주인장은 겨우 고까짓 것을 가지고 사람을 성가시게 하느냐 하는 표정을 짓더니, 지금 작은 분이 떨어졌으니 다른 난원에 가보란 말과 함께 서둘러 판에 다시 끼여들며 "똥바가지!" 하고 외쳤다. 내 딴에는 산에서 처음 캐본 네 촉짜리 희귀한 호반(縞斑)이라서 산채일정까지 단축해 가며 단숨에 달려오던 길이라 다소 머쓱해지면서 민망하기도 하려니와 슬그머니 불쾌감마저 들기에 쫓기듯 그 난원을 빠져 나오는데 다시 "피바가지!" 하는 외침이 뒤따라 왔다.

사회의 정서순화를 위해 자기 희생적인 난 전시회를 마련하기도 한 이 지역의 고매한 난인들께서 비록 말뿐이기는 하나 설마하니 무슨 오물바가지 뒤집어쓰기를 그리 즐겨할 리 만무한 일이다.

더욱이 아파트 한 채 값이 들먹여지는 귀물들을 다투어 구입하기도 하는 호기로운

난인들 아닌가?

하루종일 핏발선 눈으로 용을 써봐야 겨우 산반(散斑) 한 촉 값에도 미치지 못하는 푼돈을 두고 그토록 몰아의 경지에까지 빠져들리 또한 만부당하니, 그 방면으로 문외한인 나로서는 도무지 종잡을 수 없는 정경이 아닐 수 없었다.

그러나 그날 이후 내 주위의 가까운 난원에서도 비슷한 경우를 여러 번 경험하게

194

되면서 차츰 그 속내를 이해하게 되었고 한참 세월이 흘러간 최근에 와서야 비로소 크게 짚이는 바가 있었으니…….

둔하면 둔한 대로 판단 또한 진솔할 수도 있으리라.

선택받은 예전의 일부계층, 즉 고관대작들이나 당대의 부호들만이 가까이 두고 즐길 수 있던 갖가지 진기한 난들을 가득 진열해 둔 유수한 난원이다. 이미 완성의 경지에 든 군자의 인품이라는 난향을 흠뻑 들이키며, 손바닥 위에 펼쳐든 마흔 여덟 장의 동양화를 통하여 시시각각으로 다가오는 용단의 순간들이 항용 있을 것이다. 어느 때는 출사표를 올리고 출정하는 제갈공명이 되어 일거에 판쓸이를 감행하고, 한번은 위수(謂水)가에서 낚시를 하다가 무왕의 부름을 받아 재상에 오른 후 포악한 주(紂)왕을 멸하고 도탄에 빠졌던 뭇 백성을 구해낸 태공망 여상이 되어 단숨에 "쓰리 — 고"를 성공시킨 후 돼지족발과 소주 등으로 기아에 허덕이는 백성들을 구휼하게 된다.

때로는 광무제가 친구의 예로 대하며 함께 머물러 주기를 간청해도 기어이 뿌리친 후 부춘산 아래 동강에서 낚시질로 유유자적했다는 엄광(嚴光)의 예에 따라 팔광 하나만 달랑 판 후 뒷전에 나가 앉을 수도 있겠다. 종래는 귀거래사를 읊은 후 고향 율리로 돌아와 갈건으로 동리(東籬)의 국화밭을 흐르는 물로 빚은 술을 걸으며 소나무등걸을 어루만지면서 남산을 바라보았다는 도연명(陶淵明)의 그림자처럼 지그시 소주잔을 기울이며 이미 훌훌 털어 버린 지갑 모서리를 어루만지기도 하리라.

알고 보니 참으로 오묘한 선현들의 정신을 오늘에 계승한 수련장이 바로 예 아닌가?

말이 났으니 말이지만 용진 용퇴(勇進勇退)란 결단의 뜻 말을 가진 "고스톱"이란 용어 자체가 고수도업(高修道業)이란 말과 그 독음(讀音)조차 이토록 흡사함이랴.

옹졸하고 미련한 내 소견머리가 미처 헤아리지 못했음을 길이 탄식할 따름이다.

청자석 靑瓷石

세계화 시대를 맞아 가장 한국적인 색채를 들라 한다면 어느 분은 단청(丹靑)과 청자의 비색(翡色) 그리고 조선 백자(白瓷)의 색상을 들 수 있다고 했다.

그중 단청은, 한때 대통령과 그 영부인이 좋아하는 색상이라 하며 새로 지은 기념관이나 전통 가옥 형태의 박물관 등에도 국적 불명의 미색으로 통일 지켜 나간 적이 있긴 하나 여전히 우리네 심성에 녹아 있는 친근한 색상으로 남아 있다.

먹고살기에 급급하여 미쳐 살필 겨를이 없던 사이, 그 가치를 간파한 일본인들을 비롯한 외국인들 손에 수많은 명품들이 유출되고만 국보급 고려청자나 조선백자들에 대한 아까움은 이제 나 같은 문외한도 따갑게 느끼며 살게된 세상이다.

따라서 지난 해석 명품 전에도 여럿 전시대에 올랐던 기명석(器皿石) 즉 그릇 닮은 돌에도 전에 없던 관심을 가지게 되었다.

때 맞춰 방영된 연속극 "태조 왕건"과 그 후속 드라마는 혼치 않은 고려시대 사극이었기에 소품으로 사용된 용기(用器)들도 눈길을 끌었다.

석명 : 청자상감국화문항(靑瓷象嵌菊花文缸) · 산지 : 몽산포 · 규격 : 15×11×8

드라마 속에서 궁예는 토기로 술을 마시다, 태조 왕건은 청자 초기 형태의 녹청자로 술을 마셨고, 광종대에 와서는 화려한 비취색의 비색청자(翡色靑瓷)잔에 술을 따르고 있었다.

청자(靑瓷)

청유(靑釉)를 입힌 자기(瓷器)의 약칭이라 했다.

중국에서 처음 만들어 졌으나 고려 초 우리나라에 전래된 후 우리 장인들에 의해 화려하게 꽃피운 자기이다.

9세기말 강진요(康津窯)와 부안요(扶安窯)에서 구워지던 초기 청자가 점차 중국을 능가하는 비색청자로 발전했다가 12세기에 이르러서는 드디어 백토(白土)나 자토를 밑바탕에 상감(象嵌)하여 청자유를 입힌 우리나라만의 독특한 상감청자를 내어놓게 되었다.

13세기 들어서는 금채를 가한 화금청자 진사를 입힌 청자 진사채등 기교적인 청자로까지 발전, 타의 추종을 불허하는 주류를 이루었다고 한다.

그 형태 또한 다양하여 술병형의 병(瓶), 죽순형 주자(注子), 베개로 쓰인 쌍사자침(雙獅子枕), 향로(香爐), 대접 같은 우(盂), 어깨 쪽이 불룩한 매병(梅瓶), 단지형의 항(缸), 항아리형의 호(壺) 등이 남아 있다.

상감한 문양으로는 우리 눈에 익은 운학문(雲鶴紋) 또는 모란문(牡丹紋), 당초문(唐草紋) 등이 대표적이지만 천년의 한을 삭힌 장인 정신이 벗어낸 형태나 문양, 그리고 색상 또한 얼마나 현란하고 다양했을까는 미루어 짐작할 따름이다.

청자석이라면 영흥도 발전소안 돌밭이나 녹도 큰 돌발 등에서 간혹 발견되기도 하지만 상감청자석만은 단연 몽산포 산이 으뜸이라는 생각이 먼저 떠오른다.

사실 5, 6년 전 한때 경인 지방의 수석인들 사이에 큰 관심을 끌었던 몽산포 청자석은 기름을 먹이면 꺼멓게 색상이 죽어 버리는 특성을 가진데다.

아직 해석바람이 이곳까지 미치기 전이어서 덩치 큰 대물들만 선호한 탓에 오래전 이미 고갈된 돌밭으로 치부된 곳이다.

그러나 아직 해석의 규격에 걸맞는 돌은 남아있을 거란 기대를 걸고 우리 회원 일동은 오랫동안 잊고 있던 그곳을 찾아 나섰다.

그 사이 길도 변해 있었고 돌밭도 장소만 같을 뿐 달라져 있었다.

예전에는 담가(擔架)를 동원한 과욕 때문에 인근 마을 청년들과의 실랑이도 있었지만 이제 참으로 호젓해진 돌발에서 우리 회원들은 한동안 탐석의 진수를 즐길 수 있었다.

그러던 중 나는 한쪽으로 다소 쏠린 듯한 대각선의 직사각형 돌에 아름다운 운학 무늬가 새겨진 청자석 하나를 발견하게 되었다.

아직 문헌에서나 소개 책자 등에서 한번도 접한 적이 없는 형상이긴 하지만 쌍사 자침처럼 머리에 베기에 알맞은 볼륨과 부드러운 굴곡을 가진 돌이었기에 나름대로 뜻을 살릴 수 있을 듯하여 일단 챙기기로 했다.

그러나 이미 반나마 차버린 나의 소형 배낭 속에 넣어 메고 다니기엔 다소 무리를 느껴 돌밭 한쪽켠에 신문지를 깔고 두었다가 귀로에 수습하기로 했다.

그러나 탐석이 끝나고 돌아 나오는 길에 그 돌을 찾았으나 그곳에 표시해둔 신문지도 사라지고 돌 또한 보이지 않았다.

일행들에게 물어봐도 그런 돌은 보지 못했노라 했다.

물에 젖어 있을 때만 문양이 나타나는 돌이었기에 그사이 허옇게 말라버린 돌이 쉽게 보일리 없고 재촉하는 일행들 때문에 그날은 그렇게 돌아 왔지만 귀가 후에도 자꾸만 눈에 밟히는 그 형태 때문에 잠을 이룰 수가 없었다

새벽녘 선잠에서 깨어난 나는 곤히 자고 있는 아내를 흔들어 깨웠다.

그리고 간단히 사연을 들려주었다.

그 정도만 얘기해도 아내는 대체로 상황을 인식하는 편이다.

안 가곤 못 배긴다는 걸 —.

두 시간여 새벽길을 달려 돌밭에 당도 했을 땐 어제 그 자리께가 아직 젖어 있었다.

그리고 의의로 쉽게 그 돌을 찾아 낼 수 있었다.

그러나 그 돌을 막상 살펴본 아내는 내가 말한 천하 명석을 대하는 표정과는 영 거리가 있었다.

이왕 여기까지 온 김에 어쩌고 하면서 그날 하루도 해질녘까지 아내가 지고 온 배낭까지 채워서 왔다.

그러나 이건 또 어찌된 영문인가?

욕조에 쏟아 놓고 아무리 살펴봐도 그 돌이 보이지 않는다.

나는 아내의 아까 그 시덥잖은 눈길을 기억해냈다.

"당신이 배낭에서 무거울까봐 빼내 버린 게 분명해!"

"아무려믄, 난 그 자리에서 잠시 본 것뿐인데……."

"이건 자존심의 문제야. 날 무시해도 유만부동이지!"

"아— 휴— 내 속이야!"

밤새 속을 부글부글 끓여가며 갈등만 쌓아가던 나는 새벽녘 다시 자동차의 시동을 걸었다. 내다보지도 않는데는 간단 말도 필요 없었다.

허겁지겁 현장에 도착하여 그 자리에 그대로 있는 돌을 보고 나서야 비로소 흥분이 가라 않고 어제 일이 주마등처럼 떠오르기 시작했다.

돌을 보는 순간 배낭 속에 바로 챙기겠단 생각만 했지, 때마침 따끈한 커피 한잔 따라주는 통에 그만 —.

착각으로 생긴 이런 무경우한 경우에는 이름 값이라도 해야한다.

또한 서로 몸만 가지고도 언어 소통이 가능한 사이에는 정식 사과를 않고도 얼버무리는 방법 정도는 터득하는 법이다.

다만 그 돌을 볼 때마다 새록새록 고개를 내미는 미안함에는 유효기간이 따로 없는 것 같기도 하다.

이제 베란다 창문을 통해 비치는 햇살의 면적도 많이 좁아져 가고 있으니 머지 않아 대발을 내리고 올해도 에어컨 없는 여름을 나게 될 것이다.

그때쯤 낮잠에 겨운 아내 머리 밑으로 내가 새로이 개발한 첨가물을 발라 비색이 황홀하게 살아난 상감청자운비문상형침(象嵌靑瓷雲飛紋象形枕) 즉 코끼리형 베개라 명명한 그 돌을 베개대신 슬그머니 들여 밀고 그 옆에 누워 잠시 군데군데 더듬어 주는 걸로 아내가 느꼈을 그날의 황당함을 일거에 탕감해 보리라 제 혼자 작심하곤 한다.

작가 약력

· 1948년 대구 출생.

· 1968년 월남전 참전.

· 1972년 육군 보병학교 특수간부후보생 과정 졸업.

· 1973년 육군 항공학교 고정익 조종사 과정 졸업.

· 1978년 (주)대한항공 입사.

· 1980년 국립항공대학 기술요원양성 과정 수료.

· 1980년 이후 B-727, B-747 점보기 운항.

· 1994년 인천 여천문학회 회장 역임.

　문예지 『문학세계』 시 부문 신인상 수상으로 등단.

　시 전문지 『시 세계』 수필 부문 신인상 수상으로 재등단.

　한국문인협회 인천광역시회 회원.

· 1990년 계간 『동양란』 및 수석 월간지 『수석문화』,

　인터넷 '수석사이트' 등에 시 및 수필 연재.

· 1998년 대한민국 서예대전(국전) 입선.

　인천 동양란협회 회장 역임.

· 현, 인천 문인화협회 부회장.

· 현, 만월수석회 회장.